너의 다정이 나를 살리고

너의 다정이 나를 살리고

조선옥 소설집

오전 열시

차   례

친애하는 나의 스토커님에게

시작은 커피 한 잔이었다. 도서관 안 자신의 자리 위에 놓인 커피 한 잔을 발견했을 때 다름은 자신이 남의 자리에 앉은 건 아닌지 고개까지 빼내어 여러 번 확인했다. 도서관에서 사랑이 꽃핀다는 이야기는 심심치 않게 들어봤지만 그게 자신의 이야기가 될 줄은 한 번도 생각해보지 못했다.

연락처 적힌 메모라도 있겠거니 커피의 바닥까지 훑어봤지만 없었다. '아쉽네!'라고 생각하고 커피를 한 모금 쭉 빨았을 때 다름의 눈이 1.5배쯤 커졌다. 너무 맛있었다!

"그러니까~ 이게 네 자리에 있었단 말이지?"

탐정모드가 된 주은이 커피잔이 대단한 증거라도 되는 듯 진지하게 들여다봤다. 그 커피잔은 다름이나 주은이 자주 가는 중앙도서관이나 단대 내 카페의 것이 아니었다. 잔을 들었다 놨다 하는 주은이 아까부터 말이 없는 나우의 옆구리를 한 대 치며 물었다.

"이나우, 넌 뭐 아는 거 없고?"

다름 역시 기대에 찬 시선으로 나우를 쳐다봤지만 곱슬한 앞머리가 이마를 잔뜩 가린 그는 표정 변화조차 제대로 보이지 않았다. 김이 새는 걸 말릴 도리가 없었다. 구름 위라도 걷는 듯 붕 뜬 마음이 급작스레 식는듯한 기분이었다.

그때 갑자기 주은이 커피잔을 성배라도 되는 양 두 손으로 높이 쳐들고 외쳤다.

"예술대!"

깨달음을 얻은 주은의 말에 의하면 이 커피잔은 예술대 건물에 있는 카페의 것으로 그곳은 학교 내 최고의 커피 맛으로 유명하다고 했다. 이로써 다름의 '문제적 그'는 예술대 소속인 것으로 잠정 결론 지어졌다.

그때만 해도 이것은 해프닝에 지나지 않을 뿐이라 생각했지만 지나고 보니 그것은 시작의 징조였다.

"다름아, 쫌… 주은아, 다름이 좀 말려봐."

엉거주춤 건널목 앞에 선 나우가 다름이와 주은이의 옷 끝을 겨우 잡고 안절부절못했다. 그런 나우에게 주은이 손등 뒤로 입 모양을 가린 채 빠르게 속삭였다.

"야, 쟤 한 번 삘 받으면 못 말려. 그냥 좀 맞춰주지."

잠시 후 8차선 건널목에 초록색 불이 들어오고 신호가 바뀌었음을 알리는 소리가 울렸다. 신호를 기다리던 사람들의 발이 망설임 없이 차도로 내딛어졌다.

그때 다름의 폰에서 음악 어플이 실행되고 음량이 최대치로 올라갔다. 폰에서 아이돌 The Boys의 'Thrill Ride'의 하이라이트 부분이 쏟아져 나왔다.

일렬로 선 다름, 주은, 나우가 팔을 쭉 뻗으며 자리를 박차고 나섰다. 이후 바운스를 타고 있는 몸이 느릿하게 웨이브를 했다. 전화를 받는 듯한 손과 팔의 동작도 이어졌다. 팔을 사선으로 뻗어 옆으로 이동하는 듯하다가 다리를 벌려 골반을 돌리고 일렬로 서서 팔, 다리를 까딱이며 옆으로 이동했다.

같이 건널목을 걷던 이들이 이 모습을 재밌어하며 지나갔다. 초록 가로수들이 일렬로 늘어선 봄의 대로에 펼쳐지기 좋은 모습이었다.

다름은 흥이 올라 얼굴이 발갰고, 무심한 태도와 다르게 각 잡힌 춤을 보여주는 주은은 숨 한 번 거칠어지는 법이 없었다. 반면 다름에 비하면 머리 하나 정도는 큰 나우는 너무 부끄러워 오히려 얼굴이 새하얬다.

대학 입학 후 다름은 흔히 있는 뒤풀이 장소에서 우연히 주은과 옆자리에 앉았고 그 일을 계기로 둘은 친구가 되었다. 그리고 얼마 후 주은이 나우를 데려왔고 셋은 서로 달랐지만 그래서 더 무던하게 어울렸다.

"꺄~ 신난다! 좋은 춤이었어. 그럼 수고!"

다름은 역시 춤은 함께 춰야 제맛이라고 생각하며 알바 장소를 향해 몸을 돌렸다. 지금 가면 시간에 늦지 않게 도착할 것이다. 남겨진 흥에 들썩거리는 뒷모습.

그리고 주은과 나우가 덩그러니 건널목 앞에 남았다. 그때 주은이 나우 뒷덜미를 잡아끌며 근처 골목 안으로 사라졌다.

낮에는 파스타 전문점이었다가 밤에는 펍으로 변하는 '그레타'는 제법 유명세가 있는 곳이었다. 주황색 벽돌을 쌓아 지은 2층 건물 밖으론 꽃과 과실수가 심어진 작은 정원도 있어 분위기가 괜찮았다.

대학가 주변 저렴한 술집들에 비하면 조금 가격이 있긴 했지만, 그 특유의 분위기 때문에 낮엔 소개팅하는 학생들이 종종 있었고, 밤엔 분위기 있는 곳에서 술을 마시고 싶은 학생들로 복작대는 곳이었다.

그레타 스텝인 다름은 오늘도 양손에 2,000cc 맥주를 들고 2층으로 올랐다. 첨엔 손목이 끊어질 듯 아프고 맥주가 쏟아질 듯 위태로웠지만 이젠 익숙해진 몸놀림이었다. 남자 셋이 모인 구석의 테이블에선 처음부터 생맥주 4,000cc를 주문했다.

다름이 다가가자 남자들이 대화를 멈추고 고개를 까딱 들어 그녀를 살폈다. 시선으로 몸을 훑어내리는 것 같아 다름은 잠깐 멈칫했다. 그 뒤로는 자잘한 심부름이 이어졌다. 티슈를 더 달라든가 포크가 바닥에 떨어졌다던가 그런 사소한 것들.

물컵을 달라는 심부름에 다름이 다가가자 친구들이 쭈뼛쭈뼛 서 있던 남자를 다름 쪽으로 확 밀었다. 갑작스럽게 밀린 남자는 다름에게까지 부딪혀 왔는데 무리가 그 모습에 낄낄거렸다. 부딪힌 남자는 어쩔 바를 모르며 자리에 앉으려 했지만 다른 친구들이 그를 부추겼다.

펍에서 일하다 보니 간혹 연락을 달라는 쪽지를 받는 때는 있지만 이런 식으로 아는 척을 하기도 모른 척을 하기도 애매한 방식으로 부딪혀 오는 경우는 처음이어서 다름은 잠깐 당황했다.

잠시 후 일행이 담배를 피우러 밖으로 나가는 것 같아 다름은 마음을 놓았다. 테이블의 빈 그릇을 치우며 창문 너머로 흔히들 손님들이 담배를 피우는 골목 안쪽을 내려다보았다.

잠시 후 큰 키에 넓은 어깨, 캡모자를 쓰고 그 위에 후드를 뒤집어쓴 사람이 일행 중 하나를 끌고 가는 모습이 보였다. 후드남이 왠지 조금 낯이 익다는 생각이 들어 목을 빼고 유심히 쳐다보고 있었다.

"뭐지? 싸움 난 건가?"

다름은 재빨리 테이블 위에 아무렇게나 남겨진 남자들의 소지품을 챙겨 1층으로 내렸다. 아까 다름에게 부딪힌 남자가 얼굴이 발갛게 상기되어 2층으로 오르려다 다름에게서 소지품들을 받아 갔다.

"아깐 죄송했습니다."

꾸벅 고개를 숙인 남자는 빠르게 계산하더니 어두운 골목 너머로 사라졌다. 눈 깜짝할 사이에 벌어진 일이라서 정신이 하나도 없었지만, 어찌 됐든 다름은 저들의 밤이 안녕했으면 좋겠다고 생각했다.

"남다름, 근데 그때 왜 그랬어? 개강총회 때…"

침대에 등을 기대고 함께 넷플릭스를 보던 주은이 고개도 돌리지 않은 채 다름에게 물었다. 아마도 주은이 말할 때는 둘이 처음 만났던 그때 그 자리일 것이다. 그날 주은이 마셔야 했던 폭탄주를 대신 마신 사람이 다름이니까.

일종의 기 싸움이었다. 신입생 중에서 분위기를 주도하는 후배의 기를 꺾어서 선배들이 다시 상황을 틀어쥐겠다는. 굉장히 고전적이고 효율적인 수법. 물론 비열한 수법이었다.

주은은 평소 술이 셌지만, 그날은 이미 많은 술을 마셨고, 마지막 폭탄주를 보는 순간 '저걸 마시면 일이 나겠구나!' 싶었다. 좌중의 모두가 초조하게 주은의 다음 행동을 주시하며 분위기가 쩅 얼어붙었다.

긴장을 깬 건 주은의 옆에 앉아 있던 다름이었다. 주은 앞에 놓인 폭탄주를 태연하게 가져가더니 겁도 없이 벌컥벌컥 들이켰다. 그리고 잔이 테이블 위로 놓이기가 무섭게 다름도 풀썩 쓰러졌다.

말릴 새 없이 일어난 일이었지만 주은은 본능적으로 쓰러지는 다름을 품에 안았다. 품 안에 쏙 안기는 몸체가 너무 가냘파 좀 전에 그 뜨거운 폭탄주가 이 몸 안으로 들어간 건가? 현실감이 없었다.

"너 술도 약하잖아? 근데 그때 왜 겁도 없이 왜 폭탄주 마셨냐고?"

그때를 떠올리듯 먼 곳을 바라다보던 다름이 주은을 바라보며 씨익 웃었다.

"그 자리 너무 불편했잖아."

다름은 누군가 불편한 게 싫었다. 공감성 수치랑 비슷한 건가? 비록 친분이 없는 사람이라 할지라도 아슬아슬한 그런 분위기는 정말 견디기 힘들었다. 상상만으로도 불편해서 소름이 돋는 것 같아 마구 팔을 쓸어내렸다.

　사실 딱히 누군가를 돕는다고 생각해본 적이 없었다. 자신이 그런 불편함을 못 참아서 하는 행동이니 솔직히 이기적인 이유가 맞다. 뭐 그런 행동이 부차적으로 누군가에게 도움이 됐다면 그건 보너스 같은 거고

　그 일 뒤로 남다름은 몇 번 더 술자리의 폭탄주를 마시고 쓰러졌다. 그런 다름을 옮기는 일은 주은의 몫이었다. 다행인 것은 술자리에는 절대 오지 않으면서 전화만 하면 어디선가 쪼르르 이나우가 와서 도와줘 제법 할만했다.

　쓰러지는 다름의 소문이 소소히 퍼지자 술을 무리하게 권한 선배들에 대한 질타가 있었고 신입생 '남다름'은 '남코'라는 별명을 얻게 되었다. '남다름 싸이코'의 준말이었다.

　한 번은 이런 일도 있었다. 둘이 함께 파스타를 먹으러 갔을 때였다. 잠깐 화장실에 다녀온 다름이 뒤이어 들어온 아이들을 유심히 쳐다봤다. 행색이 좋지 못한 아이들은 어색하게 파스타 집으로 들어와 쭈뼛거리며 겨우 자리를 잡았다.

식사가 끝나 주은과 다름이 일어서 계산을 할 때였다.

다름이 직원에게 카드를 내밀며 조심스럽게 아이들 테이블을 가리켰다.

"저 테이블에 파스타 하나 더 넣어주시고요, 계산은 이거로 같이 해주세요."

처음 겪는 엉뚱한 일에 직원이 눈을 말똥말똥 떴다. 왜 그걸 나가 내냐는 무언의 질문이었다.

"어린이는 우리의 희망이잖아요."

무슨 동화 같은 이야길 하면서 다름이 헤헤 웃었다. 파스타 집을 나서자마자 주은이 다름에게 물었었다.

"방금 뭔데?"

"그런 거 있잖아~ 바에서 갑작스레 근사한 칵테일 한 잔이 오는 거야. 주문한 적도 없는데? 바텐더가 한쪽을 가리키자 멋진 신사가 눈을 찡긋하면서 자신의 잔을 들어 올리는 거지."

다름은 파스타 면을 돌돌 마는 시늉을 하더니 그 손을 들어 보이며 찡긋 윙크했다.

아~ 역시 남코! 선행인 것 같은데 묘하게 똘끼가 느껴진다.

다름은 이후에도 도서관에서 매번 자신의 자리에 놓인 커피를 발견했다. 마실 적마다 눈이 번쩍 뜨이는 그 맛있는 커피를. 언젠가 연락처를 주겠거니 싶어서 그녀는 안달하지 않고 그 커피를 달게 마셨다.

시간이 지남에 따라 그 커피는 또 다른 달콤함으로 몸집을 불려나갔다. 그녀의 사물함에 작은 종이가방이 달리기 시작한 것이다. 그 안엔 사과 맛 드링킹 요구르트, 곰 젤리, 자두나 청포도 맛 사탕이 들어 있었는데, 하나같이 다름이 좋아하는 간식이었다. 그 모양새가 꼭 마니또 같은 호감이어서 다름은 기분이 달달하게 좋았다.

그런데 어느 날 집 현관문에 종이가방이 걸려 있을 땐 조금 흠칫했다. 반듯하게 접힌 가방 안엔 얼마 전 거리에서 다름이 눈여겨보던 팔찌가 담겨있었다. 자신의 존재를 알리듯 곰 젤리도 한 봉지 들어 있었다. 학교에서의 마니또와 동일인이라는 표시였다.

놀라운 것은 거리에서 그녀가 본 팔찌는 카피 디자인이었는지 가방 속의 그것은 디자인은 같되 꽤 알려진 쥬얼리 브랜드의 것이었다. 그 팔찌를 팔에 대보지도 못한 채 다름은 멍해졌다.

'뭐지? 설마 이거 스토커인가?'

그 뒤로 스토커는 좀 더 적극적으로 활동했다. 어떻게 알게 된 건지 아침마다 다름의 폰으로 메시지가 들어왔다. 오늘 아침 들어온 메시지는 '이곳에서 발이 녹는다. 무릎이 없어지고, 나는 이곳에서 영원히 일어나고 싶지 않다'였다. 김행숙 시인의 '다정함의 세계'란 시의 한 구절이라는 걸 시간이 얼마 지나 알게 되었다. 그는 감성이 남다른 인문학적 스토커인 모양이었다.

때로 메시지는 매우 절실했다. '나의 절망 끝에 결국 내가 널 찾았음을 잊지 마. 넌 절벽 끝에 서 있던 내 마지막 이유야.'라는 구절은 본인의 이야기인지 SNS에 올라온 것인지 몰랐다.

그런데도 상대를 스토커로 인식하자 그 메시지가 소름 끼치게 느껴졌다.

물론 메시지를 보내온 전화번호로 메시지를 보내보고 전화도 걸어봤다. 답 메시지가 돌아오는 일은 없었고, 당연히 전화를 걸 땐 폰이 꺼져있었다. 마음 같아선 폰의 명의자를 찾아내고 싶었지만, 경찰의 개입이 없인 불가능한 일이었다.

그는 자신의 학교와 집까지 알고 있었지만, 어떤 피해도 발생하지 않았기에 경찰의 대응이 뜨뜻미지근할 게 뻔했다. 아직까진 어떤 피해도 위협도 없다고 자신을 다독일 뿐이었다.

그런 와중에 다름에게 좋은 일들이 연이어 생겨났다. 주은, 나우와 함께 학교 잔디밭에서 놀고 있을 때였다. 다름은 얼마 전부터 노트북을 구입할까 고심 중이었다. 도서관 멀티미디어 실이나 피시방에서 컴퓨터 작업하는 일은 꽤 번거로웠다.

그래서 당근마켓에 노트북 키워드 알림을 해놓았다. 조금 저렴한 중고를 산다면 부모님께 손을 벌리지 않고 아르바이트 한 돈으로 살 수 있을 것 같았다.

"야야야~ 이거 봐봐. 그램 360이 50만 원이면 거저 아니냐?"

한가롭게 스마트폰을 두드리고 있던 주은과 나우가 득달같이 달려들어 다름의 스마트폰 화면을 쳐다보았다.

"미친! 말도 안 되는데? 얼른 채팅 고고!"

채팅창을 연 다름이 고개를 갸웃했다. 아무리 생각해도 그램이 이 가격일 리가 없었다. 대충 보니 오래 사용하지도 않은 것 같은데, 사기가 아닐까? 물품 사진 한 장도 없고, 다른 판매 물품도 없었다. 그런 중에도 이미 여러 개의 챗이 간 게 마음을 초조하게 했다.

"근데 너무 이상해. 사기 아닐까?"

그 소리에 주은과 나우가 고개를 끄덕거리며 제자리로 돌아갔다. 합리적인 의심이었다. 다른 물품을 보려고 할 때 주은이 슬쩍 말을 건넸다. 속는 셈 치고 한번 채팅 걸어보라고, 어차피 선입금도 없다

면 한번 보고 결정해도 되지 않냐고 혹시 모르니 같이 가주겠단 말
도 잊지 않았다.

　그래서 다름은 어느 낯선 오피스텔 앞에 서게 되었다. 학교에서
멀지 않은 곳이었다. 상대가 가르쳐준 비밀번호로 공용현관을 열고
들어가면서 상대의 무신경함에 뜨악했다. 자기가 나쁜 맘이라도 먹
으면 어쩌려고 이렇게 비번을 가르쳐주나 싶었다. 오지랖이 넓은 건
지 모르겠지만 상대에게 주의를 시켜야겠단 사명감까지 들었다.

　비싼 노트북을 이렇게 헐값에 넘기는 그는 세상 물정을 모르는
순박한 사람인지 모르겠다고 생각하면서. 말해준 집 앞에 서자 깨끗
한 상자 위에 가지런히 놓여 있는 노트북이 보였다.

　결과적으로 다름은 득템을 했다. 몇십만 원을 더 붙여 팔아도 얼
마든지 팔릴 새것에 가까운 노트북을 헐값에 샀다니 자신도 이 사실
이 믿기지 않았다. 이 정도면 득템도 아니고 '심 봤다!' 수준이었다.
마지막으로 다름은 판매자에게 공용현관 비밀번호를 알려주는 건 매
우 위험한 일임을 강조했다.

　잠시 후 오피스텔의 현관문이 조심스럽게 열리고 후드를 뒤집어
쓴 남자 하나가 고개를 내밀었다. 다름이 탄 엘리베이터는 이미 1층
으로 내려간 후였다. 현관 앞 상자를 치우던 그는 그때 폰으로 들어

오는 당근마켓의 채팅창을 확인했다.

"판매해주신 그램은 너무 감사히 잘 쓰겠습니다.
혹시라도 너무 싸게 판 거 아닌가? 후회되어 잠이 오지 않는다면 3일
내로 연락해주세요. 맛있는 밥 한 끼 대접하겠습니다.

그리고 앞으로 절대 절대 공용현관 비번 같은 거 알려주시면 안 돼요.
요즘처럼 무서운 세상에 큰일 납니다.
지금 바로 바꾸세요. 제가 다시 와서 확인해볼 거예요."

남자가 피식 웃었다. 누가 누굴 걱정해? 어이가 없었다. 그리고
폰에서 익숙한 번호를 꺼내 문자 하나를 작성하고 발송 버튼을 눌렀
다.
돌아가던 다름의 폰에 띠링 문자 알림음이 들어왔다.

"누군가에게 시간을 들인다는 건 다시는 돌려받지 못할 삶의 일부를 주
는 거야. 목적이 뭐든 간에."

"안녕하세요? 대한대학교 사회과학부 1학년 남다름입니다."

다름은 카페에서 만난 여학생에게 자신의 소개를 했다. 별 이변이 없다면 이제 가르치게 될 과외 학생인 이효주였다. 효주는 올해 고2 학생이었는데, 다름은 나우를 통해 이 자리를 소개받았다.

다름은 나우가 이 좋은 자리를 왜 자신에게 양보하는지, 또 효주와 나우는 무슨 사이인지 아는 바가 하나도 없었다. 그저 이렇듯 티 나지 않게 자신을 챙겨주는 나우가 고마웠다.

효주가 한눈에 의욕에 불타는 모습이 뻔한 다름을 보고 뜻 모를 미소를 지었다.

"언니는 듣던 대로네요"

정체를 알 수 없는 기시감이 들었다. 도대체 '듣던 대로'는 무엇인지, 나우가 다름을 어떻게 소개한 건지 궁금함이 꼬리에 꼬리를 물었다.

그런 궁금증을 뒤로 하고 다름은 먼저 해야 할 일이 있었다. 효주의 현재 진도를 확인하고 보완해야 할 점을 찾아 수업 계획을 짜야 했다. 그때 효주가 다름의 손을 잡아 왔다. 효주가 말하는 내용은 생뚱맞았다.

자신은 학업 성적이 뛰어나 과외가 필요 없단다. 오히려 높은 성적 때문에 스트레스가 상당하므로 그냥 이렇게 카페에서 일주일에 한 번씩 만나 수다나 떨면 된다고. 첫 만남을 집이 아닌 카페에서 만나자고 한 것도 이런 이유에서였나보다.

있는 집 아이들은 고작 이런 일에 몇십만 원을 쓰나? 이래도 되나? 하는 생각이 들었다. 그러면서 동시에 그녀는 효주의 스트레스를 낮춰주고 미래에 도움이 될 얘기들을 많이 해줘야겠다고 다짐했다.

좋은 일들이 연이어 일어나며 다름은 스토커에 대한 경계가 아주 느슨해졌다. 그래서 아르바이트가 늦게 끝나 집으로 돌아오는 시간 등 뒤에서 들리는 발걸음 소리를 한참 신경 쓰지 못했다.

새로 시작한 과외는 '그레타'에서 하는 아르바이트보다 시간도 덜 빼앗기고 정신적으로나 신체적으로 에너지 소모가 현저하게 적었다. 둘을 비교한다면 과외를 하게 된 이상 굳이 알바를 계속할 필요가 없었다. 사실 따지고 보면 장학금을 타는 게 더 합리적일 수도?

다름에겐 부모님의 경제적 부담을 덜어 드리고 싶다는 마음이 컸다. 다름은 사실 자라면서 자신이 가난하다고 생각한 적이 없었다. 그럴 수 있었던 데에는 부모님의 역할이 가장 컸다.

부모님은 눈코 뜰 새 없이 바쁘셨지만, 단 한 번도 다름이 자신들

의 사랑을 의심하게 만들지 않을 만큼 변함없는 애정을 안겨 주었
다.

다름은 어린 시절을 떠올리면 하교 후 엄마에게 달려가 그날 학
교에서 있었던 일을 조잘조잘 떠들던 풍경이 그려졌다. 어떤 이야기
를 해도 다름의 엄마는 '잘했다, 잘했다'라고 말해주었다.

자신이 매번 잘한 것만은 아니란 것도, 칭찬받을 만큼 대단한 일
을 한 적이 없다는 것도, 엄마의 답이 언제나 같다는 것도 알았다.

그런데도 엄마의 그 말은 너무 따뜻해서 다름은 뻐근해지는 마음
을 견뎌내고자 엄마의 손에 얼굴을 잔뜩 비비고 싶어졌다. 마음 안
에 밝은 에너지가 다시 고이는 것도 느낄 수 있었다. 마음이란 건
눈에 보이는 게 아닌데도 다름은 그 따뜻한 마음 때문에 물질적인
결핍 같은 건 쉽게 잊고 살았다.

한참 그렇게 생각에 빠져 있던 다름이 한적한 골목으로 들어섰을
때였다. 규칙적인 발소리를 들은 것은. 갑자기 버스에서 내려 집까지
가는 길이 갑자기 까마득하게 느껴졌다. 다름은 가만히 뒤를 돌아보
았다.

저 멀리 남자로 보이는 사람이 자신을 따라 제 자리에 서 있다가
급하게 폰을 만지는 시늉을 했다. 폰이 내뿜는 희뿌연한 빛이 후드
속의 얼굴을 비치는가 싶었지만 그뿐이었다.

다름의 걸음이 조금 빨라졌다. 처음엔 등 뒤에서 들리는 발소리도 빨라지는가 싶더니 이내 멀어졌다. 같은 방향으로 가는 사람을 오해한 건가. 다음부턴 조금 빠르게 간다는 이유로 이 골목으로 들어서지 않겠다고, 늦으면 아빠를 불러야겠다고 다짐했다.

긴장한 마음이 쉽게 풀어지지 않아 발을 재게 놀렸다. 골목을 빠져나가 오른쪽으로 꺾어 조금만 오르면 아파트가 보일 터였다.

골목을 빠져나오려는 찰나 골목 안에 갑작스러운 벨 소리가 울렸다. 더듬더듬 꺼낸 폰에 찍힌 이름은 다름 아닌 나우였다. 바짝 긴장했던 탓에 하마터면 자리에 주저앉을 뻔했다. 안 그래도 속으로 혹시나 스토커가 골목을 돌아 눈앞에 나타나진 않을까 마음을 졸이고 있었던 탓에 더 그랬다.

집에 도착할 때까지 나우와 시답잖은 대화를 나누어 가니 긴장은 소리 없이 녹아내렸다.

"남다름, 이제 그레타는 그만둬도 되지 않아?"

주은의 질문은 당연했다. 다름도 그 생각은 안 한 게 아니니까. 그렇지만 다름은 아직은 1학년이니깐 여유 있을 때 뭐든 해보고 싶다고 둘러댔다. 금전적으로 부모님의 부담을 덜어 드릴 수 있는 것도 좋았지만, 알바나 과외 자체가 주는 재미도 무시할 수 없었다. 그레타에서 몸을 쓰면서 얻게 되는 활기, 효주의 스트레스를 덜어주는 것에서 오는 보람 같은 것들.

거기에 알바를 늘림으로써 다름은 정기후원 하나를 늘리는 것에 부담이 없어졌다. 이전의 알바로 개발도상국의 어린이를 도왔다면 이번 후원으론 북극곰과 멸종동물을 위해 힘을 보탤 수 있었다.

"노력중독이야 뭐야?"

말수가 적은 나우의 그 말이 들릴 듯 말 듯 했지만 다름은 애써 무시하고 화제를 바꿨다.

"근데 너희들 그 소리 들었어? 우리 학교에 잔디 깔아주고 들어왔단 애가 있다더라."

오늘도 다름의 사물함에 매달려 있던 간식 바구니에서 젤리와 사탕을 까먹던 주은과 나우의 손이 딱 멈췄다. 잠깐의 정적 후 주은이 먼저 말꼬를 텄다. 그게 어느 시대적 유물이냐고, 요즘 세상에도 그런 게 통하는 사회냐고 하긴, 다름도 조금 말이 안 된다고 생각했다. 그냥 학교에 매우 넉넉한 누군가가 다니고 있고 그 사람을 부러워하는 소리일 거란 생각이 더 합리적이었다.

늦은 시간 집으로 돌아올 때면 매번 등 뒤에서 들리는 발걸음 소리. 뒤를 돌아보면 후드를 한껏 뒤집어쓴 남자가 서 있었다. 그 소리에 익숙해진 데에는 매번 반복되는 일에다 어떤 일이 있어도 그 남자가 일정 거리를 유지한 채 더는 다가오지 않는다는 사실에서 오는 안도감이 존재했다. 이런 일이 반복되면서 다름은 그가 바로 인문학적 소양이 풍부한 스토커인 것을 확신하게 되었다.

스토커는 밤에 귀가하는 다름의 뒤를 지켰고 골목 끝에서 걸음을 멈췄다. 어느 날은 아파트 공용현관에 도착한 다름이 용기를 내어 획 뒤를 돌아보았다. 스토커 주제에 그는 짐짓 당황하며 어찌할 바를 모르더니 골목 속으로 쏙 사라졌다. 소심한 인사(人士)인 줄은 알았으나 저 정도일 줄이야! 진심 자신에게 왜 이러는 건지 궁금했다.

한 번은 갑자기 뒤돌아서 그를 향해 달려간 적이 있는데, 그는 허둥지둥 그러나 아주 빠른 속도로 도망가버렸다. 나우에게 도움을 청했지만, 하필 그런 날은 그가 나타나지 않아서 스토커와의 독대에는 실패했다.

그렇게 시간이 쌓여가면서 이제 다름에게 뒤에서 규칙적으로 들리는 그 발소리는 묘한 든든함을 주었다. 나를 해칠 리 없다는 확신, 나를 지켜보고 있다는 믿음. 자신의 폰에 쌓여가는 좋은 구절의 문자 메시지들, 거의 매일 걸리다시피 하는 사물함의 간식들, 집의 현관 고리에 걸린 소소한 때론 과분한 선물들. 그리고 반복적인 귀가 지킴이까지. 이 정도면 스토커가 아니고 자신을 지켜주는 키다리 아

저씨가 아닐까?

이런 마음들이 드는 것이 정상인지 한 번씩 의문이 들었다. 의문을 제기할 적마다 주은은 오히려 도움이 되면 됐지, 피해를 주는 건 아니니 괜찮지 않냐고 스스로를 다독였다. 옆에선 나우가 고개를 끄덕였다.

자신의 이런 감정적인 동요가 스톡홀름 신드롬일 수 있다는 것 그리고 스토커가 일순간에 돌변할 수 있다는 사실을 다름은 잊지 않으려 애썼다.

엘리베이터를 타고 11층에 내려 복도를 지나면 머리맡의 조명들이 차례로 불을 밝혔다. 집에 들어서기 전 골목 끝을 내다보면 위를 올려다보는 스토커가 보였다. 그건 묘한 기분을 느끼게 했다. 마치 자신이 그를 지배하고 있는 것처럼.

집에 들어갔다 서른을 세고 밖으로 나와 보면 뒤돌아서는 스토커의 뒷모습이 보였다. 그 모습이 조금 쓸쓸하게 느껴지는 건 기분 탓일까?

그는 오늘도 다름의 뒤를 따랐다. 언젠가 그녀의 뒤가 아닌 옆에 나란히 서서 함께 걸을 수 있을까? 그러려면 이 미친 짓거리부터 그만둬야 할 텐데, 고백할 용기도 포기할 용기도 그에겐 없었다.

다름은 씩씩한 것 같으면서도 보는 사람을 아슬아슬하게 만드는 면이 있었다. 자신의 선의가 얼마나 달콤한지 자신의 다정함이 얼마나 위험할 수 있는지 그녀는 알지 못하는 것 같았다. 지금껏 악의로 들어찬 세상에서 살아온 그는 그런 그녀를 누군가 지켜줘야 한다고 생각했고 그 누군가는 자신이어야 한다고 굳게 믿었다.

오늘도 그녀는 아파트 1층에서 슬그머니 뒤돌아섰다. 그런 일이 종종 있는 일이라서 집짓 모른 척을 했다. 잠시 후 그녀가 자그맣게 손을 흔들었다. 순간 얼굴에 열이 확 올랐다. 그녀에게 보일 리 없다는 것을 알면서도 부끄러워 고개를 숙였다.

몇 분 후 엘리베이터에서 내린 그녀는 따뜻한 조명을 받으며 안전한 집 안으로 들어갈 것이다. 그때까지 지켜보는 것이 그에게 허락된 안온함이었다.

이상했다. 아무리 엘리베이터 대기 시간이 길었다 하더라도 벌써 복도에 그녀의 모습이 나타났어야 했다. 그런데 11층 복도엔 불이 밝혀지지 않고 여전히 어둠뿐이었다.

그는 급한 마음에 허둥지둥 아파트로 향했다. 발이 사막이라도 걷듯 자꾸 헛디뎌지고, 뻘을 걷듯 아래서 무언가 잡아채는 것 같았다. 엘리베이터는 11층에 도착해있었다. 그새 길이 엇갈린 건가?

불안해진 그가 계단으로 방향을 바꿨다. 위를 올려다봐도 계단에 가려 아무것도 보이지 않았지만, 시선은 자꾸만 위로 향했다. 계단을 두 개씩 세 개씩 건너뛰며 위로 올라갔다. 땀이 등 뒤로 흐르고 이마에서 흐른 땀은 눈을 따갑게 했다.

층을 오를수록 위쪽에서 들리는 소음이 분명해졌다. 실랑이하는 소리였다. 그의 발걸음이 더 빨라지며 계단에 그의 거친 숨소리가 가득 찼다.

눈앞의 풍경이 의외였다. 교복을 입은 여학생이 얼이 빠진 듯 층의 중간에 주저앉아 있고, 그 옆에서 다름이 사내 하나와 실랑이를 벌이고 있었다. 아무래도 사내가 여학생을 해코지하려고 했고 이를 발견한 다름이 학생을 돕기 위해 나선 것 같았다.

잇새로 욕설이 튀어 나갔다. 너의 다정함은 이렇게 무방비한 것이었구나. 그가 위험할 수 있는 다름부터 떼어내고자 했다. 다름은 그를 사내와 한 편으로 생각했는지 거칠게 저항하며 닥치는 대로 팔을 휘둘렀다. 그 팔이 그를 후려쳤고 순식간에 쓰고 있던 후드가 벗겨졌다.

당황한 그는 얼굴이 보이지 않게 빠르게 뒤돌아섰다. 그때 다름이 재빠르게 가방을 집어 들어 도망치려는 사내의 머리로 던졌다. 퍽하는 소리와 함께 사내가 바닥에 쓰러졌다. 아! 다름의 가방 안에 노트북이 있단 사실이 떠올라 저절로 미간이 구겨졌다.

그는 보지 않아도 등 뒤에서 자신을 향한 다름의 뜨거운 시선을 느낄 수 있었다. 후드를 다시 쓰려는 그의 손이 파들파들 떨렸다.

<1년전>

겨울이 끝나가고 있었지만, 여전히 공기가 찼다. 입에서 나온 하얀 호흡이 공기 중으로 천천히 흩어졌다. 엄마는 평소 요리를 하다가 없는 재료를 떠올리고 다름에게 심부름을 시키는 일이 잦았다.

오늘 필요한 건 두부. 엄마는 다름이 다음 달이면 고3이 된다는 사실을 전혀 신경 쓰지 않는 듯했다. 얼른 다녀올 생각에 슬리퍼 속의 발은 맨발이고, 손은 최대한 끌어당긴 맨투맨 티셔츠 소매 아래 있었다.

한 손에 두부 하나를 들고 집으로 돌아가는 길, 차 한 대가 다름 옆을 지나쳤다. 속도가 느린 차의 라이트가 골목을 핥듯이 지나자 우묵한 골목 안이 희끄무레하게 보였다.

거기 빛이 투과되지 않는 어둠이 있었다. 처음엔 누가 쓰레기 더미라도 내어놓았나 싶었지만, 눈이 어둠에 익자 그것은 웅크린 사람이었다.

무서워서 그냥 가려고 했는데, 이상하게 자꾸 마음이 쓰였다. 그

걸 무시하고 집에 갈 엄두가 나지 않았다. 다름은 조심스레 웅크린 사람에게 다가가 큼큼 목청을 가다듬었다.

지루할 만큼 많은 시간이 흐른 뒤에 다름은 아주 조심스레 그 사람을 찔러 보았다. 설마 죽은 건가? 머릿속에서 끔찍한 상상이 부풀고 있을 때 천천히 그의 몸이 펴지며 얼굴이 보였다.

어린 얼굴은 엉망이었다. 피가 흘리고 찢긴 상처가 있는 건 아니었지만, 분명한 건 그의 마음이 찢어지고 거기서 피가 흐르고 있는 것만은 분명했다. 그 표정은 찰나의 순간 얼굴에서 걷히고 아무렇지 않은 듯 무심하게 표정이 갈무리되는 모습이 더 가슴 아픈 얼굴이기도 했다. 거기에 한쪽 볼은 누구에게 맞기라도 했는지 붉게 변해 있었는데 내일이면 금방 푸르게 멍이 올라올 것 같았다.

다름은 순간 울컥하는 마음이 들어 그만 주저앉고 말았다.

"괜찮아요? 아니 괜찮지 않겠지. 어떡해요?"

어쩔 줄 몰라 동동거리던 다름은 제가 먹으려고 들고 있던 따뜻한 커피 한 잔을 그의 손에 꼭 쥐어 주었다. 그리고 종종거리며 사라지는가 싶더니 근처 편의점에서 튜브형 아이스크림을 사 왔다. 손을 호호 불어가면서 아이스크림을 체온으로 힘껏 녹여 말캉하게 만들어 건넸다.

"이거라도 볼에 대고 있을래요? 조금 나을 거예요."

그때 다름의 폰이 울렸고 다름을 걱정하는 엄마의 목소리가 귀를 찔렀다. 하릴없이 그녀는 떨어지지 않는 발걸음을 뗐다. 어둠 속의 야윈 어깨가 자꾸 눈에 밟혔다. 집으로 돌아가는 길, 다름은 근처 파출소에 전화로 도움을 청했다.

오늘 밤 그 아이가 무사하기를 바라면서. 그날 그녀는 골목 안 그 아이 손에 날카로운 유리 조각이 들려 있는 것을 끝까지 알지 못했다.

계단엔 어느새 둘만 남았다. 소란이 휩쓸고 간 후라서 그곳의 정적이 더 무겁게 느껴졌다.

"어떻게 그래요? 그때 그 애가 나인 줄 알면 얼마나 징그럽겠어? 누나는 나 기억도 못 하는데, 난 잠깐 만난 것 때문에 이렇게 학교까지 쫓아왔으니까 무섭대도 할 말 없죠."

나우는 지금껏 둘의 관계가 친구였다는 사실을 잊은 듯 과거의 그 어두운 골목으로 돌아간 것 같았다. 점점이 떨어진 그의 눈물에 콘크리트 바닥이 회색으로 천천히 물들었다.

치한과의 실랑이에 뛰어든 사람이 처음엔 일행인 줄 알았던 다름은 낯익은 후드티에 번쩍 정신이 들었다. 다음 순간 그가 매번 자신이 집 안으로 들어설 때까지 지켜보던 스토커인 것을 기억해냈다.

자신이 나타나지 않자 걱정되어 달려왔을까? 매번 골목 끝에 선이라도 그어 놓은 것처럼 넘어서지 않았었는데….

그런데 그 스토커가 친구 나우일 줄이야! 그리고 나우가 1여 년 전 만난 골목의 그 소년이라니! 어떻게 이럴 수 있냐고 다름은 나우의 멱살을 잡고 짤짤 흔들고 싶었으나 덩치로 보나 힘으로 보나 불가능하기에 다름은 입맛만 다셨다.

나우와 다름의 첫 만남은 올해가 아닌 지난해 초였다. 다름은 그때 한동안 골목에서 만났던, 뺨이 빨갛게 부어오른 소년을 걱정했었다. 그렇지만 다른 일들처럼 이후에 까맣게 잊고 살았다.

다름은 그때가 몹시 추운 겨울날이었다고 기억했지만, 나우의 그 겨울은 손안에 쥐어진 뜨거운 커피와 뺨에 와닿는 차가운 아이스크림이 만난 이상한 날이었다. 차가운 손을 뜨거운 물에 담근 것처럼 따가운 것도 같고 간지러운 것도 같은, 한편으론 저릿저릿한 이상한 일이었다.

"그때 그 앤 아주 어렸는데…."

고작 1년전쯤 일이었기에 다름은 나우가 그때의 소년과는 동일 인물이란 사실이 여전히 믿기지 않았다. 그럴 줄 알았다는 듯이 한숨을 작게 내쉰 나우가 주머니를 뒤적여 지갑을 꺼내더니 학생증을 내밀었다.

이나우 030415-3****** 03년생? 그럼 이제 18살? 학생증과 그를 번갈아 바라보았다. 고작 18살의 미성년자가 그것도 남들이 말하는 명문대에 입학을?

"이나우, 혹시 너 학교에 잔디 깔았니?"

"뭐예요, 진짜."

나우가 어이없다는 듯이 피식 웃었다. 그는 자퇴 후 검정고시와 수능을 거쳐 대학에 입학했음을 자랑스럽게 말했다. 온전히 이해되는 건 아니었지만 다름은 그가 왜 스토커처럼 굴었는지 조금 이해가 되고 또 스토커가 위험한 사람이 아니라는 사실에 안도도 됐다.

그리고 1년 전 그때 그에게 무슨 일이 있었던 건지, 그는 그때 어떤 시간을 보내고 있었던 건지 다름은 그 이유가 몹시 궁금해졌다.

계단에 쪼그려 앉은 나우가 먼 곳을 바라보며 그때의 이야기를 덤덤하게 이야기하기 시작했다. 왜 그때 다름이 건넨 커피 한 잔이 그렇게 따뜻했는지도….

"그러니까 그때 집에서 아버지가…."

조용한 밤의 계단에 나우의 목소리가 낮고 은은하게 울려 퍼졌다. 옆에 앉은 다름은 고개를 끄덕이며 그 소리에 가만히 귀를 기울였다. 아팠던 그의 마음이 상상돼서 나우의 손을 잡아주는 것을 잊지 않은 채.   / 2021.10.11.

작가의 NOTE

아주 사소한 친절 하나가 다른 사람의 인생을 바꾼 사연은 우리가 타인에게 다정해야 할 이유가 되기에 충분한 것 같아요. 정작 친절을 베푼 사람은 그럴 의도가 없었기 때문에, 또 자신의 말과 행동이 불러올 기적 같은 일을 알지 못하기 때문에 더욱 우리의 마음을 격하게 움직입니다. ^^

(PS. 유일하게 제목을 먼저 정하고 쓴 이야기에요.)

/
'너'라는 온기 36.7℃

♪ 당근 ♫

드디어 당근마켓의 알람음이 울었다. 한동안 열심히 사용하다가 이후 뜸해졌고 요즘은 잊은 지 오래된 중고물품 거래어플에서 드디어 알림이 온 것이다.

도영은 집안 정리를 하던 중 드레스룸에서 작년에 입던 롱패딩을 발견했다. 잠시 후 그는 당근마켓 어플을 열어 롱패딩을 올렸고 줄곧 구매자의 채팅을 기다리고 있었다.

도영은 자신의 매너온도를 한 번 더 확인했다. 무려 50도였다. 36.5도에서 시작하는 매너온도는 거래 후기가 좋을수록 온도가 올라가는 방식으로 되어 있다. 판매가 상품이 그렇게 많지 않은 그가 매너온도를 벌써 저만큼이나 끌어올렸다는 것은 과거의 도영이 중고물

품 거래에 진심이었단 걸 보여준다. 높은 매너온도와 재거래 희망률 100%를 달성하는 것은 생각보다 녹록지 않음을 당근마켓 이용자들은 공감할 것이다.

지난해 사들인 이 옷은 한동안은 애지중지 관심을 받았으나 온난화로 그다지 춥지 않은 이번 겨울의 날씨와 새로 생긴 롱패딩으로 이제 주인의 선택을 받지 못하고 있다.

구매 시 제법 돈을 줬고 평소 깔끔한 성격 덕분에 옷 상태가 좋았지만, 가격은 조금 저렴하게 올렸다. 그래서 도영은 금방 거래가 이뤄지리라 생각했다.

그런데 다들 사정이 비슷한지 당근마켓에는 겨울옷들이 많아도 너무 많았다. 소소하게 올라가는 조회 수, 걸려오지 않는 채팅에 도영은 조금 초조해졌다.

하루가 지나 금액을 만원 떨어뜨렸을 때 드디어 당근마켓의 알림음이 운 것이다. 관심 상품을 해놓았다 가격다운 소식을 듣고 온 구매자일까? 우연히 딱 맞춰 상품을 확인한 구매자일까?

[안녕하세요? 혹시 사이즈가 남성용인가요? 여성용인가요?]
〈요즘은 보통 남녀공용으로 나오지 않나요?〉
[찾아보니 이 브랜드는 남녀 사이즈가 조금 다르더라고요.]

〈제가 남자입니다. 옷은 가볍고 좋습니다.〉

[아 제가 여자라서 사이즈가 조금 걱정이 되네요.]

도영은 재빨리 스마트폰으로 포털 사이트를 열어 해당 제품을 검색했다. 역시나 이 패딩은 남녀공용 제품으로 나온 게 맞았다. 어디서 이빨을 까? 괘씸한 맘이 들어 채팅창에 우다다다 자판을 두들겼다.

〈검색에도 남녀공용이라고 나오는데요. 보시고 챗 주시죠.]

상대에게선 금방 챗이 왔다. 얕은 술수가 딱 걸린 구매자가 뭐라고 말할지가 기대됐다.

[아 저도 후기 봤는데 남녀공용이 맞네요. 제가 착각했어요.]

어? 인정은 빠른 편? 뾰족했던 마음이 조금 누그러지려고 할 때였다.

[혹시 입어보고 너무 크면 못사는 점 이해 부탁드릴게요.]

이 챗을 본 순간 도영은 기분이 상했다. 이런 수작을 여러 차례 경험해왔다. 살 것도 아니면서 여러 차례 찔러 보는 일은 세기 성가실 정도로 많았고 분명히 금액 제안을 안 받는다고 해놨음에도 무턱대고 깎아달라고 떼쓰는 일도 있었다.

이 구매자는 옷을 입어본 후 안 사는 진상을 시전할 것 같은 예감이 강하게 밀려왔다. 도영은 자판을 두드리는 손길에 힘을 실어 꾹꾹 한 글자씩 써넣었다.

〈입어보시고 안 맞으면 안 사시겠다?〉

실시간으로 대화가 오가던 상대에게선 말이 없었고 스마트폰의 화면은 그대로 멈춰 있었다. 그게 상대의 긴장을 말해주는 것 같았다. 아마도 속내를 들켰으니 할 말이 없는 것이리라. '나도 이 바닥에서 굴러봤다면 굴러봤다'라고 생각하는 도영에겐 꽤 즐거운 침묵이기도 했다. 이런 거래라면 아예 하지 않는 게 나을지도 몰랐다.

[많이 크지만 않으면 돼요.]

침묵을 깨고 상대가 한발 물러섰다. 도영은 진상이 분명할 구매자에게 가볍게 잽을 날렸으니 이제 좀 더 묵직한 훅을 날려야겠다고 생각했다. 구매자에게 자신이 호락호락한 판매자가 아님을 알릴 필요가 있기도 했다. 물론 자신도 한발 살짝 물러서는 것을 잊지 않았다.

〈중고 온라인 거래란 게 어느 정도 감안을 하고 사야죠. 저도 팔려고 나갔는데 좀 그렇잖아요….〉

괜한 진상과 얽혀 기분을 망치고 시간과 약속장소로 나가는 노고를 낭비하고 싶지 않았다. 힘들게 쌓아온 매너온도가 떨어지는 건

찝찝하지만 거래로 이어지지 않은 건에 대해 일부러 비매너평가를 할 사람은 많지 않을 것이다. 따지고 보면 옷이 꼭 팔아야 하는 물건도 아니고 진상 원천 차단을 위한 도영의 시도가 무색하게 정신을 차리고 보니 거래 약속이 잡혀 있었다.

물론 도영도 처음부터 이렇게 까칠한 사람은 아니었다. 기껏 거래하기 위해 나갔는데 회원 탈퇴까지 해서 연락이 닿지 않는다거나, 물건을 담아간 종이봉투를 가는 길에 버려달라고 요청받기도 했고, 아예 차에서 내리지도 않은 채 물건을 픽업해가는 드라이브스루 구매도 있었다.

당근마켓 역시 사람들이 사는 공간이긴 한 건지 어이없는 일들이 차고 넘쳤다. 그래서 따뜻한 도시 남자, 도영의 온도는 상당히 내려간 상태다.

상대가 여자인 만큼 별다른 긴장감 없이 약속장소인 아파트 정문에서 구매자를 기다렸다. 약속 시간이 다 되어 주위를 두리번거리자 저 멀리서 누군가 다가오는 게 보였다.

유독 그 사람이 눈에 띈 건 아직은 추운 날씨임에도 외투 없이 다가오는 모양새 때문이었다. 물론 몸은 추위에 잔뜩 움츠려 있었고 금방이라도 입김이 하얗게 보이는 것 같았다. 그 사람은 확실히 도영의 팔에 들려 있는, 롱패딩이 담긴 커다란 종이가방을 향해 다가오고 있었다. 이 정도면 상대를 향해 "당근"이냐고 물어볼 필요조차 없었다.

"당근 맞으시죠?"

상대가 인사를 건네왔다. 당근마켓 거래를 할 때 이루어지는 의례적인 인사였다. 도영이 어색하게 고개를 끄덕여 인사를 하고 손에 든 종이가방을 넘겼다. 거래가 성사될 것이라는 기대가 없기에 일종의 요식행위였다.

그리고 이제 옷을 건네받는 구매자를 도영이 살펴볼 차례였다. 상대의 첫 느낌은 하얗고 작다는 것이었다. 다음으로 시선이 고인 것은 상대의 눈이었다. 쌍꺼풀 없이 옆으로 긴 눈은 작다는 느낌은 없지만 웃으면 눈이 아예 보이지 않을 것 같았고 눈가는 추위 때문인지 조금 발갰다. 웃는 모습을 보고 싶다는 충동이 들었다.

예상대로 그녀는 체격이 크지 않았다. 누가 봐도 도영 자신과 체격 차이가 제법 있었다. 도영이 자신을 관찰하는 줄도 모르고 패딩을 걸쳐보는 그녀의 모습이 진지했다. 역시나 그녀는 오빠의 옷을 뺏어 입은 여동생 같았다.

거래는 물 건너갔지만, 그녀는 진상과 아주 거리가 멀어 보였기에 기분이 상하지는 않았다. 괜히 혼자서 너무 예민하게 군 것 같아서 조금 미안한 마음도 들었다. 그리고 도영이 옷을 건네받기 위해 손을 내밀 때였다.

"계좌번호 찍어주세요"

도영의 예상을 깨고 그녀는 옷을 구입할 작정이었다. 그는 팔짱을 끼고 상체를 뒤로 물려 그녀를 다시 살폈다. 역시나 너무 커서 패딩을 입었다기보단 이불을 싸매고 나온 듯한 느낌이었다. 상대의 가격 흥정을 고려해 5천 원 올려놓은 가격 역시 그대로 지불할 태세였다. 뭔가 '이거 아닌 것 같은데…' 싶었지만 '굳이 사 간다면야 나야 땡큐지'라고 도영은 생각했다.

이체를 마친 그녀는 '감사합니다.'라는 인사를 하고 냉큼 뒤돌아섰다. 외투 없이 온 그녀는 자신의 패딩을 입은 채였다. 지나치게 큰 롱패딩 아래로 드러난 다리가 펭귄 다리를 연상시켰다. 볼일이 끝난 그녀가 되짚어가는 뒷모습을 보며 도영은 왠지 으차 으차 힘내는 소리가 들리는 것 같았다.

금액을 깔끔하게 입금한 점, 까칠한 자신의 대응에도 반격 한번 없는 점, 옷이 큰데도 꾸역꾸역 입고 가는 점 등을 보면서 그녀를 진상이라고 생각했던 가정이 '호구'로 대체되었다. 폰을 들어 살펴본 호구의 이름은 "김온아"였다.

익숙한 옷 때문일까? 아니면 아직 저 옷에 남아있는 익숙한 향에 이끌리기라도 한 것일까? 호구 "김온아"가 자꾸 눈에 띄었다. 이렇게 자주 보일 사람인데 그동안 한 번도 마주치지 않은 게 신기할 지경이었다.

처음 그녀를 마주친 곳은 슈퍼에서였다. 아파트 근처 대형마트의 프랜차이즈 슈퍼에서 파스타 면을 사기 위해 코너를 돌았는데, 거기 김온아가 있었다. 그것도 '구(舊) 김도영의 패딩'을 입고서 말이다.

세상에 셀 수 없이 많은 옷이 있다지만 같은 디자인의 옷을 입은 사람을 거리에서 마주치기만 해도 뻘쭘해지기 마련이다. 하물며 과거 자신의 옷과 조우한다는 것은 생각보다 더 기분이 묘한 일이었다.

고심하느라 도영이 다가오는 줄도 모르기에 도영은 슬쩍 뒤에 서서 그녀가 뚫어지게 바라보는 것이 무언지 훔쳐보았다. 그녀가 살피고 있는 제품은 스파게티 소스였다. 다만 양손에 든 소스가 다른 브랜드였는데, 아무래도 김온아는 두 제품을 비교하고 있는 것 같았다.

도영은 물건을 살 때 이런 비교는 해본 적도 없었다. 이런 행동은 과거 당근 거래에서 보여준 그녀의 태도와는 조금 차이가 있었다.

'저렇게 상품을 꼼꼼히 비교까지 하면서 제 몸에 큰 패딩은 그냥 샀다고?'

두 번째로 그녀를 마주친 것은 도영 자신에게 김온아의 존재를 더욱 강렬하게 각인시켰다. 저녁에 슬리퍼를 끌고 집 앞에 나섰다가 돌아가는 길이었다. 가까운 곳이라 옷도 대충 입었더니 몸은 씨했고 유독 오늘따라 가로등 불빛도 약한 것 같았다.

스산한 마음에 집으로 가는 발길을 재촉할 때였다. 그러니까 도영의 아파트 동 앞에 있는 정원이라고 부르기엔 초라한 공간에서 부스럭 소리가 났다. 득달같이 시선은 돌렸다가 도영은 식겁해서 그대로 멈춰버렸다.

누가 일부러 장난을 쳐놓은 것인지 정원 구석에 검은색 옷이 사람 모양처럼 세워져 있는 것이 아닌가? 욕설이 절로 튀어나왔다. 심장 약한 사람이 보기라도 하면 어쩌려고 저런 장난을? 놀란 마음에 가슴이 뛰고 순간적으로 열이 확 올라 얼굴이 화끈거렸다. 가슴을 쓸어내리며 안도를 할 때 그 검은색 옷이 공중으로 붕 떠올랐다. 뜨악한 도영의 눈동자가 그 형체를 향해 구르는 소리가 들릴 것 같았다.

귀신, 아니 검은 옷이 몸을 쭉 펴자 모양새가 꽤 익숙했다. 과거 그에게 펭귄을 떠올리게 했던 모습. 또 '김온아'였다. 자기 체구보다 큰 패딩을 입고 바닥에 주저앉으니 절로 사람의 모습은 가려지고 검은 옷만 움직이는 것처럼 보였던 것이다.

왜 저러고 있었는지 한소리를 하려고 가까이 가려던 도영에게 고양이 몇 마리가 사료를 오독오독 씹는 소리 먼저 들렸다. 뭐야? 캣맘이었나? 그런 도영을 보지 못한 건지 김온아는 아무 일 없는 것처럼 스쳐 지나갔다. 역시 패딩은 컸고 걷는 그녀의 뒷모습에서 으차으차 소리가 들리는 것 같았다.

그 뒤로도 도영은 여러 차례 김온아와 마주쳐야 했다. 카페에서 테이크아웃을 하려고 섰는데 알고 보니 앞에 서 있던 사람이 그녀였다던가 편의점에서 컵라면 먹으며 생각 없이 밖을 내다보는데, 그녀가 장바구니를 낑낑거리며 들고 간다든지 매번 그런 식이었다.

한번은 걷다가 우연히 고개를 돌렸을 때 무인카페 안에서 공부인지 작업인지를 하는 그녀를 발견하기도 했다.

이 정도 우연이면 인연인가 의심하지 않을 수 없었다. 그러면서도 한 번쯤 김온아가 자신을 알아보지 않을까 은근 기대를 했었던 모양이다.

매번 무심히 지나치는 그녀에게 서운한 마음이 드는 자신이 어이없었다. 실망감 같기도 하고 조금은 배신감 같기도 했다. 자신에게 까칠하게 굴었다고 복수라도 하는 걸까?

오늘도 도영은 반려견을 데리고 산책을 나섰다. 반려견의 이름은

'밥풀이'. 견종은 도베르만이라서 매번 어울리지 않는 이름을 지적받지만, 그에게 밥풀이는 어릴 적 발발거리고 기어 다닐 때부터 너무나 작고 소중한 존재였다. 털이 검은색이니 뭐 흑미 밥풀 정도 되려나?

대형견인 밥풀이을 위해 도영은 전실 복층 구조로 된 아파트를 찾았고 거기에서도 1층에 자리 잡았다. 물론 아래층은 모두 밥풀이에게 양보한 상태.

밥풀이가 운동량이 많은 녀석이라서 아침, 저녁으로 2번은 기본으로 산책을 해야 했다. 덕분에 도영 자신까지 덩달아 운동이 되는 것은 나름의 장점이었다.

검은색 도베르만을 산책시키면 시선을 많이 받는 편이다. 그것은 사냥개에 대한 두려움을 가진 사람들의 염려 섞인 시선이었다. 그나마 도베르만에게 흔한 단이(斷耳, 귀를 잘라 뾰족하게 만드는 것)를 하지 않아 조금 순하고 개구쟁이 같은 모습이 있지만, 매끈한 근육질의 대형 개가 가진 위세는 역시 압도적이긴 했다.

주의의 시선과 다르게 밥풀이는 예민하고 겁이 많았다. 어릴 적 사회화에 성공하지 못한 탓일까? 하지만 녀석이 본래 태어날 때 가진 성격이 그렇다는 걸 도영은 잘 알고 있다. 거기에 아직도 자신을 아기인 줄 아는 밥풀이는 어이가 없지만, 한편으론 귀엽고 사랑스럽기까지 했다.

오늘도 해맑게 침을 흘리며 달음박질을 하던 때는 멋대로 잊어버리고 밥풀이가 이젠 걷지 않겠다고 버텼다. 도영은 어찌할 도리가 없어 또다시 녀석을 안아 들 수밖에 없었다.

몸 안에 안기는 밥풀이의 체온이 뜨끈했다. 함께 걸을 때 못지않은 강렬한 주위의 시선을 느끼며 걷고 있는데 돌연 이곳이 매번 김온아가 길냥이들에게 밥을 주는 곳인 것을 깨달았다. '혼자서 알아차려 뭐할 건데?' 스스로가 어이없어 코웃음을 치면서도 자연스럽게 지척에서 으차 으차 걷는 소리가 들리는 것 같았다.

역시 거기에 그녀가 있었다. 예의 익숙한 롱패딩을 입고 쪼그려 앉은 뒷모습, 옆에 놓인 종이가방은 제법 묵직해 보였는데, 아마도 길냥이들을 위한 사료와 깨끗한 물이 들어 있을 것이다. 그 모습이 잘 보이는 벤치에 앉아 잠시 그녀가 하는 양을 구경했다.

종이가방에서 꺼내는 하얀 물체는 녹아내릴 듯 흐느적거렸다. 캣 맘들이 겨울에 길냥이들을 위해 전자레인지에 데운 아이스팩을 깔아 둔다고 하더니 하얀 물체가 그것 같았다. 그때 밥풀이가 컹 그녀를 향해 짖었다.

그 소리에 놀랐던지 김온아가 엉덩이를 쿵 찧는 모습이 보였다.

그 상태에서 고개만 돌려 그녀가 도영을 쳐다봤다. 놀람 뒤로 당황과 반가움이 퍼지는 모습이 실시간으로 드러났다. 그리고 일어서려던 그녀가 버퍼링 걸린 게임 속 캐릭터처럼 움찔움찔하면서도 일어서지 못하고 있었다. 도영이 다가가 손을 내밀기 전까지는.

"감사합니다."

김온아가 고개를 푹 숙여 인사하자 롱패딩에 달린 모자가 내려와 머리를 감쌌다. 기분 탓인지 그녀의 얼굴이 조금 붉게 보였다. 괜히 이 시점에 아는 척을 해야 할 것 같은 도영이 멋쩍게 뒤늦은 자기소개를 했다.

"저 아시죠? 당근마켓 롱패딩…"

대답은 그녀가 아닌 도영의 배 속에서 들려왔다. 우르르 꾸르꾸르 쾅쾅!!! 앞에 선 김온아에게 들리지 않을까 염려할 만한 큰 소리였다. 순간 도영의 낯이 희게 질렸다. 그는 은근슬쩍 다리를 꼬며 단전에 최대한 힘을 주었다. 과거 인터넷에서 보았던 대로 손목 윗부분의 장문혈을 꾹꾹 누르는 것도 잊지 않았다.

급하게 일어서 집으로 가야 하는지 조금 기다리면 잠잠해질지 판단을 하기 어려웠다. 게다가 현재 도영의 품 안엔 밥풀이도 안겨 있는 상태였다.

"어디 불편하세요?"

김온아가 도영의 안색을 살피며 조심스럽게 물어왔다. 그렇다고도 아니라고도 대답하기 어려운 상황에 그의 얼굴로 식은땀이 흘렀다. 머릿속에 수많은 상상이 펼쳐졌다.

차라리 아예 모르는 사람이면 모르겠는데, 심지어 방금 자신의 소개까지 해서 어중간하게 알고 있는 여자 앞에서 충격적 고백을 하는 김도영. 30kg에 육박하는 밥풀이를 안고 일어서자마자 뒤로 무언가 쏟아지는 김도영. 걸음아 나 살려라 뛰어가려고 애쓰지만, 사실은 허리도 못 펴고 뒤뚱뒤뚱 걷는 김도영. 무엇을 상상하든 최악이었다.

도영이 조심스럽게 밥풀이를 바닥에 내려놓고 의연하게 일어섰다. 밥풀이를 향해 눈빛 한 번 보내주는 것도 잊지 않았다. '7년을 함께 살았으면 이심전심 될 때도 되지 않았니?' 그 절실한 눈빛은 '눈치껏 집으로 가자.'라는 의미였다.

마음이 급해지자 뱃속이 더욱 요동쳤다. 집까지 가는 건 무리였기에 도영은 빠르게 주위를 스캔했다. 멀지 않은 곳에 상가 건물이 보였다. 상가에 화장실이 없을 리가?

도영은 자존심과 실리 사이에서 치열하게 갈등했고 승자는 실리였다. 긴장감으로 바짝 마른 입안을 침으로 적신 그는 김온아를 향해 최대한 선한 표정을 지어 보이며 입을 열었다.

"잠깐 우리 밥풀이, 아니 개 좀 부탁해도 될까요?"

부탁하기엔 개가 좀 크다고 생각하면서 도영은 눈동자를 굴려 알 수 없는 상황에 고개를 갸웃하는 밥풀이를 쳐다보았다. 이심전심이 통했는지 밥풀이가 순한 표정으로 꼬리를 흔들었다.

그런데 김온아도 쓸데없이 눈치가 너무 좋은 게 문제였다.

"혹시 속이 안 좋으세요?"

손에 잡고 있던 리드 줄이 어느새 땀으로 축축했다. 침묵을 긍정의 대답으로 이해했는지 그녀가 고개를 휙휙 돌려 화장실의 위치를 파악하고 도영의 손안에 든 리드 줄을 빼앗듯 낚아챘다. 그리고 앞서서 화장실을 향해 뛰기 시작했다. 아무리 'unexpected 똥'이라고는 하지만 이런 호위 아닌 호위는 부담스러웠지만, 지금은 더 시급한 문제가 있었다.

금방이라고 생각했던 거리는 예상보다 훨씬 길었다. 걷는 걸음걸음이 조심스러웠지만, 곧 일을 해결할 수 있다는 설렘이 더 컸다. 관심을 다른 곳으로 돌려야 했다.

도영은 지난해 여름 휴가 때를 떠올렸다. 물이 빠져나간 갯벌에서 놀다가 벼락처럼 맞이하게 된 불행의 전조를. 그 끝날 것 같지 않은 긴 뻘을 달리고 달려 화장실로 골인했을 때의 편안함도 기억했다. 그때도 도영은 실패하지 않았다. 그때 비하면 눈앞의 길은 비단길이 아닌가? 결국 성공하고 말 것이라는 긍정의 기운이 화장실까지 이어졌다.

그런데 한 가지 간과한 것이 있었으니 바로 상가 화장실에 달린 도어락이었다. 물론 오가는 사람들이 무분별하게 이용하면 더러워지는 것이 싫겠지, 싫을 수 있는데 이건 인본주의적 관점에서 너무 매정한 처사였다.

뱃속은 인제 그만 자신을 놓아달라는 비명으로 가득 찼다. '이제 끝이구나!' 싶을 때 김온아가 도어락을 마구 누르기 시작했다. 비밀번호가 틀렸다고 삑삑거리기를 두어 차례. 눈앞의 그녀가 흐려 보이기 시작했다.

그녀까지 망신당하기 전에 어서 떠나라고 말해야 하나? 결국 이민을 가야 하나? 생각할 때였다. 그녀가 "이게 맞을 텐데…" 혼자 중얼거리며 번호를 다시 눌렀다. 그리고 들리는 경쾌한 소리!

문을 활짝 연 김온아가 의미심장한 눈빛을 보내왔다. 도영에겐 그녀에 대한 신뢰가 용솟음치게 하는 구세주의 눈빛이었다. 가슴을 주체하기 힘들었다. 화장실로 향하는 그의 손을 향해 그녀가 뭔가를 쥐여 주었다. 휴지였다.

과민대장 증후군이 문제였다. 한 번씩 문제를 일으키긴 했어도 이렇게 다급했던 적은 몇 번 없는지라 대수롭지 않게 생각한 것이 패착이었다. 도영은 앞으로 장 건강을 위해 할 수 있는 모든 것을 다 하겠다고 굳은 다짐을 하며 주먹을 꽉 쥐었다. 어찌나 손을 꽉 쥐었던지 손톱이 살을 파고들어 정신이 번쩍 들었다.

야속하게도 시간은 흘러 이제 화장실을 나서야 했다. 뒤늦게 수치심이 물밀듯 밀려왔다. 할 수만 있다면 도영은 정말 여기서 뿅 사라져버리고 싶었다. 맡겨놓은 밥풀이만 아니라면 그는 바람 같은 속도로 사라졌을 것이다.

아직도 화끈한 뒤를 의식하며 상가를 나선 그가 주위를 살폈다. 당연히 근처에 있을 것으로 예상한 온아는 물론이고 밥풀이조차 보이지 않았다. 한 덩치 하는 검은색 개가 안 보이기 쉽지 않은데….

다음 순간 밥풀이가 자신의 시야에서 사라지거나 이유 없이 조용할 때는 분명 어디선가 사고를 치고 있을 때라는 사실이 떠올렸다.

"밥풀이 그만!"

제법 목소리를 높여 밥풀이부터 불렀다. 무슨 사고를 치고 있든 멈추란 신호였다.

잠깐의 시간을 둔 후 도영은 손가락을 입 안에 넣고 휘파람을 세게 불었다. 금방이라도 어디선가 밥풀이가 달려올 것만 같았다. 그 뒤로는 김온아가 으차 으차 걷는 소리도 들리겠지.

기대했던 소리는 역시나 공원에서 들려왔다. 애견인들에게 강아지 산책시키기 좋은 공원으로 유명한 곳이었다. 그 유명세를 입증하듯 최초엔 융단처럼 빼곡히 깔렸을 잔디밭이 여기저기 파헤쳐진 흔적이 쉽게 보였다.

뭐 하나에 꽂히면 눈앞에 보이는 게 없는 밥풀이는 이미 어디서 놀다 왔던지 한껏 기분이 좋아져 있었다. 밥풀이가 신나서 도영을 향해 달려오고 있었고 그 뒤엔 줄을 놓칠세라 헐레벌떡 달려오는 온 아도 보였다. 작고 하얀 그녀가 헝겊 인형처럼 펄럭거렸다.

거의 끌려오다시피 하던 온아가 눈앞의 도영을 보고서야 밥풀이의 리드 줄을 놓았다. 달려와 안기며 자신을 핥아대는 밥풀이 너머로 몸 전체를 들썩거리며 숨을 쉬고 있는 그녀가 보였다. 헛구역질하는 소리도 작게 들렸다.

그 작은 몸으로 기분 좋은 도베르만을 감당하기는 벅찼을 텐데도 끝까지 줄을 놓치지 않은 모습에 이상하게 뭔가 울컥했다. 바보 같으면서도 뭔가 마음이 꽉 차는 듯한 기분이었다. 혹시라도 밥풀이를 잃어버릴까 봐 또는 녀석을 놓치면 주위 사람들이 놀랄까 봐 되지도 않는 몸으로 끝까지 리드 줄을 잡은 마음이 예상돼서 도영은 온아가 조금 안쓰러웠고 동시에 조금 대견했다.

그 모습은 과거의 도영 자신을 떠올리게 했다. 과거 그도 온아만큼이나 삶에 대한 온도가 높았던 때가 있었다. 그의 눈에 세상 모든 것이 아름답게만 보인 것은 아니지만, 오늘의 기쁨을 누리고 내일의 희망을 꿈꾸는 것에 주저함은 없었다.

어쩌면 도영은 자신이 세상에 선함을 보태는 존재가 될 수도 있다고 생각했었다. 자신의 이익이나 기호에 따라 선택하는 게 아닌 도움이 필요한 사람이라면 기꺼이 돕고자 노력했다. 그런 마음을 이용하는 사람이 있기도 했지만, 선함을 위해 애쓰고 노력하는 마음이 도영은 제 옷처럼 편했었다.

그 온도는 말 한마디로 뚝 떨어졌다. 여자친구에게 전화한 후 낯선 목소리를 들었을 땐 전화를 잘못 건 줄 알았다. 낮은 목소리의 그는 이렇게 말했다.

"경은이 옆에서 자고 있어요."

사랑했던 그녀를 위해 과제를 대신해 주고, 아르바이트까지 해서 데이트 비용을 충당하고 그녀를 위한 선물을 살 땐 기쁨에 취해 힘든지도 몰랐다.

그런 그녀가 사실은 동거하고 있던 남자친구와 자신 사이에 양다리를 걸치고 있었다. 그 사실을 알았을 때 느꼈던 배신감이란… '그동안 수고했다'라는 그녀의 남자친구가 건넨 말 한마디로 도영은 그

사랑에 종지부를 찍었다.

　욕 한마디 내뱉지 못한 자신이 얼마나 바보 같았을지, 그동안 보여준 행동이 얼마나 호구 같았을지 도영은 머리를 쥐어뜯으며 자신을 욕했다. 자신의 마음과 행동에 잘못은 없지만, 보답받지 못한 마음이 온전할 리 없었다.

　학교에 돈 자신에 대한 억울한 소문에 대해서 해명할 기력도 없었다. 어쩌면 마음의 여유가 없어서 아니면 더는 그러고 싶지 않아서 도영은 되는대로 사람들을 대했다. 우습게도 그제야 사람들은 자신을 호구 취급하지 않고 조심스럽게 대하기 시작했다.

　소란을 그대로 기억한 온아의 검은색 롱패딩이 반은 벗겨져 있었다. 긴 패딩은 먼지와 마른 잔디를 잔뜩 뒤집어쓰고 있었는데 그 난리 통에도 벗겨지지 않은 게 용했다.

　아직도 굽힌 허리를 펴지 못한 온아에게 도영은 한 걸음씩 다가갔다. 둘의 사이가 좁아질수록 아주 조금씩 온아의 호흡이 가라앉고 있었다. 패딩 위로 뻗은 도영의 손은 매우 조심스러웠다. 등을 쓱쓱 쓰다듬어주기도 하고, 콩콩 두드려주기도 했다.

　아직도 정신이 쏙 빠진 듯한 온아가 그제야 고개를 들어 도영을 바라봤다. 자다 일어났다고 해도 좋을 흐트러진 머리, 미처 잡지 못한 눈의 초점, 정말 구토라고 할 뻔했는지 입가에 묻은 침까지 과하게 경계가 풀린 모습이었다. 빨개진 얼굴로 거친 숨을 내뱉는 온아의 얼굴이 유독 더 희어 보였다.

그는 눈앞에 선 온아의 얼굴에서 인생의 파도가 할퀴고 간 흔적 같은 것이 남아있는지 유심히 살폈다. 그녀에게 평온한 삶만 허락되지는 않았으리라. 도영은 과거 자신의 삶에 닥친 파도들에 온기를 빼앗겼다. 그래서 자신다운 따스함을 그대로 간직한다는 것은 어떤 마음일지 도영은 그녀의 얼굴을 보며 상상해보게 되었다.

길냥이들을 챙기고 처음 보는 자신에게 호의를 베풀길 주저하지 않는 온아. '과거의 나를 조금 더 안쓰러워했으면 어땠을까? 그리고 지금까지와는 반대 방향으로 마음을 돌려세울 것이 아니라 상처 입은 마음을 조금 더 보살펴줬더라면 어땠을까?'

자꾸만 도영의 생각이 꼬리에 꼬리를 물었다. 그녀를 만나지 않았다면 계속 자신에게조차 냉랭한 마음을 품고 살았겠다는 생각도 들었다.

과거의 자신을 떠올리며 도영은 '나는 꽤 괜찮은 호구가 아니었나?'라는 생각을 처음으로 해보게 되었다. 그녀를 통해 읽어낸 자신의 새로운 면모였다. 따스한 그녀의 얼굴에 질투가 나면서도 마음의 경계를 허물고 싶을 만큼 보기 좋았다. 괜히 웃음이 나면서 언제나 조금은 날 선 눈가가 쉽게 허물어졌다.

천천히 호흡이 잦아들자 온아가 뒤늦게 패딩의 주머니를 뒤적이더니 유리병 하나를 내밀었다. 언제 샀는지 지금까지 온기를 간직한 꿀물이었다. 도영은 잠시 어찌할 바를 모르고 서 있다 겨우 벤치에 자리를 잡았다.

뛸 만큼 뛰어 기분이 좋아진 밥풀이는 바닥에 엎드려 장난을 치며 마른 흙먼지를 풍기고 있었다. 어색한 분위기를 깨듯 온아가 먼저 입을 열었다.

"상가 화장실 비밀번호가 대개 규칙이 있거든요. 아래로 쭉 내려오는 방식으로 지정을 많이 하는 편인데, 맞아서 다행이에요."

무릎 사이에 맞댄 손바닥을 끼운 온아가 손을 비비며 말했다. 마치 자신이 쑥스러운 듯이. 그리고 다음 순간 이제 가봐야겠다며 성급히 몸을 일으켰다.

따라 일어선 도영은 헐겁게 걸쳐진 온아의 패딩을 제 손으로 잘 여며주었다. 그녀 앞에 무릎을 꿇어 지퍼까지 끝까지 올려주자 패딩 속의 하얀 온아는 꼭 김밥 같았다. 도영의 마음이 흐뭇해졌다.

"온아씨 오늘 정말 여러 가지로 고마웠어요. 그리고 늦었지만, 패딩 판매할 때 너무 까칠하게 굴었던 거 지금이라도 사과할게요."

　제 이름을 아는 것이 의외였던지 놀란 그녀의 얼굴에 금방 함박웃음이 퍼졌다. 도영은 온아의 웃음 덕분에 그리고 주머니 안, 온아가 준 꿀물 덕분에 자신의 체온이 0.2도는 오르지 않았을까 가늠해 보았다. 그것은 겨울 속에서도 번지는 다정한 온기였다.

/ 2022.02.25.

작가의 NOTE

　당근마켓 거래를 하면서 불쾌한 일을 겪고 나니 마음이 콩닥거렸어요. 나한테 왜 이러지? 억울하기도 하고. 근데 가만 생각해보니 그 사람에게도 뭔가 이유가 있지 않을까 싶었어요. 또 납득할 만한 사정이 있으면 제 맘이 편해질 것도 같고. 그런 의미에서 나에게 소설을 쓴다는 건 현실을 재구성하고 이해의 폭을 넓히는 작업이 아닌가 싶어요.

/

모두의 연애

극장에 가는 걸 좋아하고 조조영화가 시작되는 영화관을 특히 더 좋아한다. 평일의 오전 시간에 영화관이 붐비는 일은 거의 불가능에 가깝다.

환기를 위해 애쓸 극장 측의 노고는 안타깝게 되었지만 공간 안에 두껍게 쌓인 습한 먼지 냄새는 언제나 나의 몸과 마음을 편안하게 해준다. 꼭 비가 쏟아질 때의 흙냄새 같다.

드디어 영화가 시작됐다. 공간을 떠돌던 작은 소음과 불빛이 사라진 어둠 속, 영사기가 뿜어낸 빛 아래로 먼지의 유영을 바라보는 일이 즐겁다. 아무에게도 방해받지 않고 오롯이 영화에 집중할 수 있는 시간은 그 어떤 망작이라도 꽤 괜찮은 영화라는 느낌을 주곤 한다.

충동적으로 고른 이번 영화는 흥미로운 서사도 아름다운 영상미도 없는 그저 그런 영화였다. 비록 주인공은 아니라 할지라도 한국 영화에 빠지지 않는 조폭이 나올 때는 나도 모르게 미간을 찌푸리고 말았다. 또 조폭이야? 조폭 없는 영화 못 만든다니?

그나마 남자 주인공의 번듯한 외모 덕분에 상영 시간이 지루하진 않았다. 영화엔 집중하지 못한 채 저런 남자와 연애하면 어떤 기분일까? 그런 나의 핑크빛 상상을 싹둑 자르는 날카로운 눈빛이 있었다. 뺨 한 대를 얻어맞은 것처럼 퍼뜩 정신이 들었다. 눈빛이 너무 익숙했다.

익숙한 눈빛의 주인공은 몇 년 전까지 내 옆자리를 당연하게 여기던 남자였다. 그와 사귈 때 장난처럼 그의 눈빛을 보고 '사람 잡을 눈빛'이라고 놀리곤 했었으니 그 눈빛을 알아본 나의 눈썰미는 정확할 것이다. 헤어진 남자친구를 스크린으로 만났다!

영화가 별로여서 그런지 관객들이 일찍 자리를 뜨는 가운데 설마 설마 하는 마음으로 영화의 엔딩 크레딧을 지켜봤다. 극장의 스텝이 그런 나를 초조하게 바라보는 걸 애써 무시하면서. 얼른 내가 나가야 청소를 할 텐데, 제가 좀 급해서요

지루하게 주언들의 이름들이 올라갈 때까지만 해도 나는 이 소동

이 나의 착각이길 바랐다. 그와 헤어진 지 오래됐잖아? 평범했던 애가 영화배우라니 말도 안 되지, 암~

조직폭력배의 우두머리 뒤로 언뜻 보이던 남자는 누구도 신경을 쓰지 않을 만큼의 단역이었다. 나오는 장면이 편집에서 살아남지 못한다고 하더라도 이상하지 않을 만큼의 비중. 진짜 그 눈빛만 아니었다면 나도 알아채지 못하지 않았을까? 하지만 바꿔 생각하면 그는 저 눈빛 때문에 캐스팅됐을지도 모를 일이었다.

그러고 보면 짜식, 눈빛은 예전에도 살아 있었어! 그리고 역시나 엔딩크레딧에서 결국 그의 이름을 확인하고 말았다. 차주율!!! 몇 년 만에 내 앞에 모습을 드러낸 그는 전혀 예상하지 못한 모습으로 영화 같은 귀환을 했다.

바쁜 한 주를 끝낸 휴일, 자면서도 '정말 많이 자야지' 다짐할 만큼 자고 또 잤다. 그러다 이제 방광이 임계점을 슬슬 지나고 있을 때이기도 했고 허리가 아파서 도저히 더 누워 있을 수도 없었다.

그래도 일어나는 게 쉽지 않아 그 상태로 거하게 기지개를 켰다. 그러자 온몸의 피가 짜르르 뻗어나가면서 짜릿한 기분이 들었다. 왠지 이 한 번의 스트레칭으로 평소 꾸준히 쌓아온 거북목이 제 자리를 찾아갈 것 같았다.

따뜻한 햇볕, 창문 너머에서 불어오는 기분 좋은 바람, 요즘 반복해서 듣고 있는 가수의 감미로운 목소리. 이게 무릉도원이었다. 이럴 땐 스마트폰 두들기며 뒹굴뒹굴하는 게 제맛이지!

나는 다시 침대 위에 엎어졌다. 그리고 그것도 지루해질 때쯤 눈앞에 나타난 광고에 손이 멈칫했다. '30일간의 가상 연애'라는 광고 문구가 눈에 뙇!

무언가에 홀린 듯 어플을 깔고 바로 실행까지 했다. '러브야'라는 이름은 뭔가 재혼을 위한 결혼 어플 같은 이름으로 답이 없어 보였지만, 재미만 있다면야 제작자에게 산뜻한 이름을 제안할 용의도 있었다.

이 어플은 미혼 남녀 짝짓기를 위한 가상 연애 시뮬레이션 앱이었다. 남녀 4커플이 단체톡과 개인톡을 나누면서 가슴 설레는 썸을 타는 게 이 어플의 매력 포인트.

그렇다고 톡을 내 마음대로 열거나 대답을 내 마음대로 할 수 있는 건 아니었다. 그렇지, 마음대로 하려면 그냥 데이팅 어플을 하거나 헌팅을 해야겠지. 어플 안 마스터가 일방적으로 대화를 여닫았고, 대화에 대한 답은 예시로 주어진 것 중에서 골라야 했다.

내 맘대로 할 수 있는 게 지나치게 적었다. 그래서 초반엔 이런 게 얼마나 재미있을까 싶었는데 게임은 진행될수록 은근 빠져들었다.

첫인상 테스트부터 뭔가 사랑의 작대기 느낌이 물씬 풍겼다. 그 뒤로 내가 고른 상대와 엮이는 게 눈에 보이자 그대로 누워 있을 수가 없어 몸을 빠르게 일으켜 세웠다.

얘가 꽤 사람을 안달이 나게 하네? 이게 뭐라고 맘에 든 상대와 사랑의 작대기를 주고받고 싶었다. 의욕이 머리꼭지까지 차올랐다. 두 남자가 동시에 날 좋아하는 핑크빛 기류가 형성될 땐 입가가 움찔움찔하는 걸 막을 수 없었다.

잠시 눈을 먼 데다 두면서 감동과 쑥스러움이 사그라들길 기다렸다. 뭔가 인류애가 차오르면서 그동안 사람에게 상처받았던 것들이 치유되고 있었다.

몇 개 없는 선택지를 고를 때마다 은근히 고민이 됐다. 상대와 커플이 될만한 답을 고를 것인가? 아니면 진짜 나라면 할 법한 답을 고를 것인가? 이건 창세기 이래로 있어 온 짜장 vs 짬뽕 내지는 물냉 vs 비냉에 견줄만한 어려운 질문이었다. 그 갈림길에 선 혼란스러운 마음 역시 게임의 재미라는 걸 시간이 지날수록 실감하게 되었다.

확실히 단체톡보단 1:1 대화가 더 간질간질했다. 그런데 대부분의 1:1 대화는 단체톡에서 이뤄진 퀴즈나 미션 등을 완수했을 때 주어지는 advantage이기 때문에 나는 기를 쓰고 답을 찾아냈다. 하늘은 스스로 돕는 자를 돕는다고 하지 않던가?

첫인상에서 나의 픽을 받았던 상대와의 1:1 대화. 그의 직업은 무려 의사였다. 오~ 전문직!

[취미 대화] 키워드 : 독서

> 온재하 참가자님, 채지안 참가자님이 입장하셨습니다.

안녕하세요?

> 앗! 재하님이 오셨네요!

내가 올지 몰랐다는 소리로 들리는데…^^

> 네~ 솔직히 기대는 못 했어요.

설마 내가 책을 안 좋아하게 생겼나요? ㅎ
나 책 좋아하는 것도 맞긴 한데,
지안님 올 것 같아 고른 게 더 커요. ㅋ

네?
이거 제가 생각하는 그거 맞나요?

맞을걸요? 그린 라이트?

　게임인데도 오프라인 번개가 있기도 해서 게임에 상당히 공을 들였다는 걸 알 수 있었다. 그렇다고 개발자들이 만들었을 가상의 캐릭터들이 진짜 오프라인에서 만날 수 있는 건 아니고, 그런 척을 하는 거였다.

　누가 먼저 왔다고 어쩌고 하면서 대화가 오가고, 모임 후엔 그날 먹었던 음식 사진 같은 인증샷이 올라오니 좀 진짜 같았다. 게임의 의도대로 착실히 온라인과 오프라인의 경계를 허물어지기 시작했다.

　그 일이 있고 며칠 후 나는 번개 장소였던 곳이 익숙하단 걸 깨달았다. 긴가민가해서 기억 속을 한참 뒤적이긴 했지만, 기억이 나기 시작하다 바로 깨닫지 못한 게 이상할 정도였다.

　그곳은 부암동의 작은 미술관 '마음'으로 아는 사람들만 알음알음 아는 곳이었다. 게임인데 현실에 있는 장소를 써? 깜찍하다는 생각이 제일 먼저 들었다.

미술관 '마음'인 걸 알고 나자 꼭 다시 가봐야 할 것 같았다. 일부러 사람이 적은 평일을 골랐지만 사실 워낙 주택가 안에 꼭꼭 숨겨져 있어서 주말이라도 혼잡한 곳은 아니었다.

오래된 주택을 개조한 이 공간은 작아서 더 아기자기했다. 한 마디로 '비밀정원' 같은 곳이었다. 힘든 일이 있을 때 한 번씩 와서 있다 가던 곳인데, 한동안 오지 않았다고 기억이 가물가물해졌던 모양이다.

'마음'은 모르는 사람이 보면 작은 수목원처럼 생겼다. 유리창이 많은데, 거기에 오랜 담쟁이넝쿨이 가득해서 이 건물의 나이를 짐작할 수 있었다. 물론 알지 못하는 미술관장의 배려 덕분이었겠지만. 담쟁이넝쿨은 미술관 실내를 적당히 어둡고 적당히 서늘하게 해주었다.

외부엔 요즘 보기 어려운 빨간 벽돌을 쌓아 누군가는 이곳을 '빨간 머리 앤'에 나오는 '그린 게이블'이라고 부르기도 하는 것 같았다. 다른 미술관과 다르게 드문드문 의자가 놓여 있어 어지러운 머릿속을 식히기 좋은 곳. 그곳에선 도심 속의 고요가 새롭기도 했다.

발소리를 내기조차 조심스러운 조용한 미술관 안쪽으로 발을 옮기자 목덜미에 맺혔던 땀 한 방울이 또르르 흘러내렸다. 그때 안쪽에서 은은한 노랫소리가 들려왔다.

괜히 혼자 머쓱해진 나는 음악 소리는 들리되 시야는 가려진 장소에 가만히 궁둥이를 붙이고 앉았다. 그대로 있다 보니 음악 소리가 누군가의 허밍 소리란 걸 알 수 있었다. 의자에 기대앉아 눈을 감자 머릿속으로 시원한 바람 한 줄기가 스치고 지나갔다.

퇴근 후 집에 들어오자마자 식탁 위에 폰과 가방을 내던지고 욕실부터 들렀다. 손만 닦고 나온 나는 잊고 있었던 것처럼 폰을 다시 집어 들어 카톡에서 아이디 검색을 했다. 마치 깜빡 잊고 있었던 중요한 일인 것처럼. 아이디의 주인은 한때 애인이었던 차주율이었다.

그는 대개의 한국인처럼 여러 사이트의 아이디를 하나로 통일해 두었는데, 그 단어가 영어사전에 없는 단어였다. 헤어진 지가 언젠데 아직도 그 아이디를 쓰겠냐 싶다가도 사람이 쉽게 안 변한다는 생각 역시 확신을 주었다.

검색해서 나오지 않으면 신의 뜻이려니 하고 잊으려 했다. 지난번 영화에서 그를 보고 나자 손톱 끝의 거스러미처럼 그에 관한 생각을 멈출 수 없었다.

행운인지 불행인지 그가 검색되었다! 작게나마 보이는 프로필엔

대본으로 보이는 책자가 있기에 확실히 그가 맞는 것 같았다. 너 진짜 영화배우냐고 말을 걸어보고 싶었는데, 괜히 조심스러워 폰만 한참 만지작거렸다.

주율과의 헤어짐은 지금 생각해보면 정해진 과정 같았다. 처음엔 나와 다른 모습들이 신선하게 다가왔다. 그런 모습이 내 단점을 보완해줄 것 같고, 날 더 나은 사람으로 만들어줄 거란 기대도 조금은 품었던 것 같다. 그런데 좋았던 그 모습이 이별의 이유가 된다는 것은 얼마나 아이러니한 일일까?

이유 없이 사랑에 빠졌고 이유 없이 그 사랑에서 벗어났다. 그런 시기는 나에게 먼저 왔고 그에게 일방적인 이별을 고했다. 주율은 한 번의 저항도 없이 이별을 받아들였다. 당시엔 어떻게 한 번을 안 잡냐? 이런 서운한 마음보다 귀찮은 일을 손쉽게 털어버렸다는 생각에 개운했었다. 남자와 여자의 이별은 이렇게 다르구나! 그런 마음도 들었고

과거 이별의 고비가 있었을 때 주율은 어떤 망설임이나 부끄러움이 없이 내 앞에 무릎을 꿇었었다. 거기에 닭똥 같은 눈물을 흘렸던 걸 떠올리면 쓸쓸하고 씁쓸한 이별이었다. 그날 그 자리에 가지 않았더라면 이별하지 않았을까? 그 고비를 넘어섰다면 우린 지금도 사

랑하고 있을까?

쿨한 할리우드 연인인 것처럼 한동안 연락을 주고받다 어느 순간 자연스럽게 연락이 끊겼다. 결국 우리도 평범한 연애를 했다.

뭐 한 번 연락해볼 수도 있다고 생각한다. 근데 지금 연락해서 뭐 하자는 건데? SNS까지는 아니어도 헤어진 애인 염탐 비슷한 걸 해 놓고 그것도 모자라 대화까지 건다는 건 아~ 너무 찌질한데? 그건 상대가 나에게 미련이 있을까 봐 겁이 나는 마음이었다.

거기에 더해 나에 대한 두려움도 분명 존재했다. 한 번도 진지하게 생각해보지 않았지만, 혹시 나 차주율한테 미련 있나? 이건 솔직히 자신을 할 수가 없었다. 앞으로 많은 시간이 지나도 그가 기억에서 사라질 일은 없을 것이다. 세상은 그런 걸 미련이라고 하지 않나?

이유가 뭐든 둘 다 답이 없어서 폰을 슬그머니 침대 위에 내려뒀다. 그때 키우는 고양이 '용복이'의 말랑 젤리가 내가 쓰다 만 메시지의 전송 버튼을 사뿐히 눌렀다.

> **차주율 너 영화배우 하니?**

나도 모르게 돌고래 소리가 발사됐다. '용복이'는 새된 비명을 지르는 집사를 한 번 쳐다볼 뿐이었다. 지금 자신이 저지른 만행이 얼마나 대단한지 모르겠지. 그래, 고양님 가시는 길에 폰을 둔 집사의 잘못입니다. ㅠㅠ

머리카락을 뜯다 말고 다음 순간 허겁지겁 삭제 버튼을 찾았다. 그래, 내가 먼저 삭제하면 되는 거야! 그러나 마침 그도 폰을 손에 쥐고 있었던지 눈앞에서 뿅 하고 1이 사라졌다.

오마이갓! 일단 폰을 저 멀리 치워버렸다. 훠이훠이~ 다음에 벌어질 일은 미래의 내가 책임지겠지 뭐.

오늘도 역시 나는 '러브야'에 접속했고 오늘의 보상은 무려 1:1 데이트였다. 물론 상대를 고를 수 있었기에 순식간에 게임을 향한 진심이 불타올랐다. 고작 코딩된 캐릭터들이 그런 나를 이길 순 없었다.

흐뭇한 기분 속에서 문득 만약 내가 이기지 못했다면 이 가상 연애의 행방이 어땠을지가 궁금해졌다. 내가 눈치채지 못할 만큼, 정말 우연의 반복 내지는 운명처럼 원하던 방향으로 흘러가 유저에게 만족감을 줄 것인가? 아니면 그야말로 싱겁게 썸으로 끝나버리며 다시 도전하게 할 것인가?

그러고 보면 현실에선 재도전해도 상대의 기억을 리셋할 수 없다는 점이 다를 뿐, 현실 연애와 딱히 다를 게 없어 보였다. 결국 별거 아닌 어떤 선택이 그 남녀의 미래를 가르는 게 법이니까.

값지게 얻은 데이트권으로 지정한 상대는 두 번째 썸남 정시우였다. 그는 국외파인데 의외로 순진했고 취미활동으로 모델을 할 만큼 훌륭한 비주얼을 가지고 있었다. 아니, 가지고 있단다. 이 정도면 현실에서 찾아보기 힘든 사기캐릭터 아닌가? (사실 여기 비현실적 남자들 다 모였음)

나쁜 남자 같으면서도 끌리는 걸 막을 길 없는 나는 역시 아직 연애에 덜 데였다. 어차피 게임일 뿐이긴 하지만 내가 돈이 없지, 가오가 없냐? 끌리는 대로 끌려가 보기로 했다.

[1:1 대화]

> 정시우 참가자님, 채지안 참가자님이 입장하셨습니다.

지안아 잘 들어갔어?

응, 누구 덕분에.^^
시우는 아직 들어가는 중이려나?

나도 방금 도착했어~
영화는 오랜만인데,
지안이랑 봐서 더 좋았던 것 같아!

나도 그런데~ㅎㅎ
근데 넌 네가 좋아하는 캐러멜 팝콘 사놓고
왜 그렇게 안 먹었어?

음…. 그건 자꾸 네 손이 닿아서….

그게 그렇게 불편할 일이야?

그럴 리가 없잖아!
네 손이 닿을 때마다 가슴이 너무….

정해진 시간 초과로 대화가 종료됩니다.

우여곡절 끝에 주율과 몇 년 만에 만날 약속을 잡았다. 어느 연인
이 그렇지 않겠냐만 헤어질 때만 해도 절대 다시 만날 일이 없을 줄
알았다. 그런데 살다 보면 별 별일이 종종 생기더라. 나도 주율과 서
로를 영영 빗나가 살아갈 줄로 알았다.

영 낯선 약속장소는 2층까지 통유리가 시원하게 뻗은 모던한 카페였다. 층고가 높아서 더 개방감이 좋은 것은 덤이었다. 테이블엔 오늘 아침 데려온 아이인지 싱싱한 백합 한 송이가 꽂혀 있었다. 아마도 백합 꽃말이 순수한 사랑이었던가? 과거의 애인을 만나는 자리엔 적합하지 않은 것 같았다. 주위를 둘러보니 테이블마다 다른 꽃이 꽂혀 있었다.

사실 어젯밤부터 심란해서 잠을 설쳤다. 꿈에서 과거의 주율이 나왔던 것도 같아서 집을 나설 때는 묘한 죄책감마저 들었다. 약속을 취소할까도 싶었지만 한 번쯤 그를 만나보고 싶었던 맘이 행동을 만류했다.

여러 번 그와 다시 만날 때의 기분을 상상해봤다. 오래 만났으니 어제 헤어졌다 다시 만난 것처럼 자연스러울까? 아니면 멋쩍은 마음에 괜한 웃음이 나올까? 가장 바라는 건 전자였지만 그렇게 아무렇지 않게 행동할 수 있을지는 자신이 없었다.

"오랜만이야."

급작스레 등 뒤에서 인사말이 들려 급하게 고개를 돌렸다. 내내 긴장한 목에서 근육이 뒤틀리며 내적 비명이 터져 나왔다. 주율의 인사말은 여상스러우면서도 이 상황에 더없이 적절했다. 뒷목을 잡고 꾹꾹 눌러대는 날 보더니, 그가 피식거렸다.

"넌 여전하네?"

최대한 자연스럽게 얼굴에 미소를 걸어 보았으나 금방이라도 존재 자체가 공기 중으로 파스스 사라지는 것만 같았다. 부자연스러운 미소로 오히려 더 이상한 표정일 것이다.

예전 차주율은 내가 이랬을 때 어떻게 했더라? 기억을 더듬었다. 그는 크고 따뜻한 손으로 슬그머니 내 목을 잡았었다. 목을 모두 감싸는 따뜻한 체온이 놀란 근육을 꾹꾹 눌러주면 조금 진정이 됐다. 그리고 나에게서 떨어져 나갈 때는 목 뒤에 쪽 뽀뽀를 했었다. 그도 그때 생각이 났는지 뭔가 참는듯한 표정을 보였다. 습관이 이렇게 무섭다.

"차주율, 안녕~"

그는 카메라 마사지 덕분인지 분위기가 전과는 조금 달라져 있었다. 뭔가 겨울바람의 냄새를 어디서 묻혀 온 것 같은 느낌이랄까? 조금 편한 의자에 몸을 살짝 기댄 그는 한참 나를 살피더니 대뜸 질문부터 던졌다.

"나보고 미쳤냐고 안 물어봐? 친구 놈들은 웬 영화배우냐고 다들 난리더라."

그와 평범하게 서로 사는 이야기를 했다. 그가 왜 뜬금없이 영화배우가 되었는지 무척 궁금했지만, 이상하게 그 질문을 던지는 게 굉장히 조심스러웠다. 이제 우리는 서로에게 특별한 사람이 아니니까 그런 질문을 하는 건 넘어선 안 될 선을 넘는 무례한 행동으로 느껴졌다.

과거의 우리는 불필요하게 사소한 것들까지 공유했지만, 이제 우리는 그동안 쌓인 시간의 무게를 너무나 잘 알고 있었다. 그의 영화 데뷔 동기는 그가 좀 더 유명해진 후 인터뷰를 실은 지면으로 확인해야겠다. 그리고 우린 다시 만나자는 인사를 하며 작별을 했다. 서로 그 말이 이뤄질 리 없다는 건 너무 잘 알면서도

그와 헤어지고 돌아서자 역시나 마음이 착잡해졌다. 몇 년 만에 그를 보는 게 속도 없이 참 좋았다. 고성이 오간 작별이 아니라서 그런지, 아니면 오래 만나서 그런지 좋았던 시절만 생각이 나는 거였다.

솔직히 그와 다시 편하게 지낼 수 있지 않을까 잠깐이나마 기대했었다. 서로의 진심이 뭐든 간에 장난으로라도 그에게 '우리 다시 잘해볼까? 진짜 잘해줄게.'라는 말을 농담처럼 던질 수도 있었다.

그런데 기가 막히게 자로 잰 듯 거리감을 두는 그 앞에서 어떻게 그런 농담을 던져? 헤어지고 얼마 되지 않아 그가 사진에 빠져 전국

을 누빈다는 소식을 전해 들었을 때 그게 그의 방식이려니 했다. 내가 아는 그라면 모르긴 몰라도 지금이 되기까지 많이 노력했을 것이다. 그렇게 해서 단단해진 사람에게 어떻게 농담을 던져? 그건 그에 대한 예의가 아니었다. 그렇게 나는 이제 그와 완전한 이별을 했다.

나는 가상 연애 어플 '러브야'를 이용하던 도중 작은 버그를 발견했다. 아니 어쩌면 내가 생각하는 버그가 아닌 개발자가 만들어놓은 의도적 트릭일까? 드문드문 일어나는 일이었지만 질문에 기존의 선택지가 아닌 유저 자신의 답을 입력할 수 있을 때가 있었다. 그 시간은 눈 깜짝할 만큼의 짧은 시간으로 주의를 기울이지 않는다면 그냥 스쳐 지나갔다.

한 번은 단톡에서 어느 여행지를 좋아하냐는 질문에 그런 입력창이 나타났었다. 나는 그 전부터 그때를 기다리고 있었으므로 마치 준비된 사람처럼 입력창에 '몰디브'를 입력해서 전송했다. 그러나 그 다음엔 아무 일도 없던 것처럼 바로 선택지가 나타났다. 선택지는 강릉과 제주도였는데, 스마트폰의 화면에 내가 보낸 '몰디브'란 텍스트가 공허하게 반짝이고 있었다.

처음엔 무시했고 이후엔 얼핏 무의미해 보이는 이런 입력창이 과연 어떤 의미일지 고심을 하게 되었다. 그러다 분명한 이유는 알 수 없지만, 이것이 개발자가 의도하지 않은 버그라고 하기엔 너무 노골적이라는 결론에 도달했다. 그래서 나는 매번 이 순간을 놓치지 않으려고 노력했다. 즉 이 빈틈이 나타날 적마다 나는 '수요일 미술관 마음'이란 메시지를 계속해서 전송하기 시작한 것이다.

어쩌면 그것은 누구에게도 닿지 못한 채 가상의 공간 속에서 사라져 가겠지만, 지구인도 언제 만날지 모르는 우주인을 향해 끊임없이 메시지를 보낸다고 하던데 뭐….

그 사이 어플 안에선 나의 연적이 나타나 내 속을 뒤집는 사건이 발생했다. 그녀는 최초 3:3 만남 이후에 투입된 여성 참가자인데, 처음부터 '온재하'가 이상형임을 밝히며 강렬하게 등장했다.

'그렇지, 연애라면 염통 쫄깃한 라이벌이 나와야지'라고 생각하면서도 사람도 아닌 그녀를 의식하고 미워하게 되었다. 간악한 개발자 놈들 같으니라고!

추가 참가자 포함 4:4 전원이 재즈바에서 모이는 날이었다. 이날 참가자들은 모종의 규칙에 따라 커플로 재즈바에 입장하게 되어 있었는데, 나의 파트너는 운명의 장난처럼 정시우였다.

사실 나는 온재하와 정시우 사이에서 마음이 흔들리고 있었다. 그걸 이 게임이 정확하게 캐치하고 이런 상황을 만든 것이다. 뭐 라이

벌 때도 예상하고 있었다만, 니들이 쉽게 가질 않는구나.

[단체 톡]

서정호 :
현지가 아까부터 안 보이는데, 혹시 아시는
분 있나요?

김아름 :
아까 많이 마시는 것 같더라.

최아라 :
아름 언니, 현지 언니 오늘 무슨 일 있대
요?

제가 한 번 화장실에 가볼게요.

최아라 :
여기 오늘 분위기 너무 좋다. 그죠?
칵테일도 진짜 찢었다.~

저기 현지 씨가 많이 취한 것 같아요.

온재하 :
지안아~ 내가 도와줄게.
일단 현지 씨 좀 데리고 나와줄래?

'온재하! 너 아니야~' 라고 말하고 싶었지만, 결국 집이 같은 방향이란 이유로 문제의 현지 씨는 온재하와 함께 택시를 탔다. 온재하는 그런 사람이었다. 선해서 도움이 필요한 사람을 보면 지나치지 못하는, 지나치게 다정한 교회 오빠.

이럴 줄 알았다면 내가 꼭지가 돌도록 술을 퍼마실 걸 그랬다. 역시 현지 씨가 한 수 위였어! 심야에 알콜이 들어간 혈기 왕성한 선남선녀라니! 내 피가 다 끓었다. 이 정도면 과몰입이었다.

그 일이 있고 며칠 후에나 겨우 1:1 대화권을 얻어 온재하와 이 일로 이야기를 나눌 수 있었다. 현실이라면 심장이 말라비틀어지기 충분한 시간이었다. 그 대화를 통해 그와의 오해는 풀렸지만, 문제는 그게 아니었다.

난 그와의 연애가 자신이 없어졌다. 그는 분명 나를 편안하게 해주는 사람이었고 그래서 더 끌렸던 것 같다. 그런 이유로 우습게도 게임 속 가상의 캐릭터인 그에게 마음껏 애정을 준 거였는데, 그는 언제고 저렇게 다시 휘둘릴 수 있는 사람 같았다. 그 생각은 상상만으로도 끔찍했다. 나는 나에게만 친절한 사랑이 필요했다.

[1:1 대화]

정시우 참가자님, 채지안 참가자님이 입장하셨습니다.

지안아~
아까 차에서 한 말, 나 그대로 믿어도 돼?

응~ 진심이었어.

나랑 있을 때 더 즐겁다고 한 말도?
네 마음속 그 사람보다…?

아….
오늘 너한테 설렌 건 사실이야.

그렇다면 난 파티에서 우울했던 네 표정
모두 잊을 수 있을 것 같아.

그날 내가 좀 그랬지?
근데 지금은 누구 덕분에 기분 완전 좋아짐!

너 그런 모습 처음이었어.

...

채지안~
앞으로 네가 또다시 빈틈을 보인다면

넌 절대 도망가지 못할 거야.

정해진 시간 초과로 대화가 종료됩니다.

결국 대망의 최종 선택에서 난 정시우를 선택했다. 물론 쉬운 결정은 아니었다. 막판까지 온재하의 다정 사이에서 갈팡질팡했기 때문이었다. 나쁠려면 아예 옴팡 나쁜 놈이면 좋을 텐데⋯ 온재하와 정시우 모두 나를 선택한 결과를 보자 그간의 체증이 쑥 내려가는 기분이었다.

나의 최종 선택이 정시우였기에 그와 나는 연인이 되었다. 비록 게임이라는 가상의 공간이지만 나름 뻑적지근한 연애였다. 그렇게 '러브야'의 한 에피소드가 끝이 났다. 게임이기 때문에 재게임도 가능하고, 시간을 거슬러 올라가 다른 선택을 할 수도 있었지만, 최종까지 은근히 기가 빨린 나는 다시 게임을 하지 않았다.

수요일에 나는 언제나처럼 미술관 '마음'을 찾았다. 버그 같던 입력 창에 응답 없는 메시지를 보내면서부터 계속 이곳을 방문하고 있었다. 당연하게도 '마음'에서는 아무도 만날 수 없었다. 이미 게임이 끝난 지 3주 정도가 지났으므로 아마도 이 기다림이 마지막이 될 것이다.

언제나처럼 미술관 안 고즈넉한 자리에 앉아 시간을 보냈다. 귀엔 이어폰을 꽂고 잔잔한 음악을 즐겼다. 음악 소리가 주변의 소음을 모두 막을 만큼 크진 않았지만 불필요한 소리가 과할 정도로 크게 들리는 건 막아줬다. 예를 들면 나의 침음이랄지 내가 리듬을 타며 바닥에 부딪히는 발바닥 소리랄지.

얼마나 기다렸을까? 누군가의 발소리가 자박자박 들려왔다. 하지만 나는 돌아보지 못한 채 귀만 기울였고 어느 순간 그 발소리가 더는 들리지 않았다. 역시 기다리던 사람은 아니었던가. 아니 누굴 기다린다는 걸 모르는데 이 말이 맞나?

듣던 음악을 중단하자 잠시 후 머리 위에서 은은한 허밍 소리가 들렸다. 이어폰을 빼고 고개를 들어 주위를 두리번거리자 등 뒤에 서 있던 사람이 고개를 내밀어 나를 내려다보았다.

"채지안 씨?"

어플 '러브야'에서 내게 주어진 이름이었다. 혹시? 설마? 가슴이

거세게 뛰기 시작했다.

"반가워요. 우리 연인이었죠? 정시우예요. 본명은 차 · 주 · 율입
니다."

주율이 나에게 손을 내밀었고 미소를 짓는 그의 입술이 호선을
그었다. / 2020.06.25

작가의 NOTE

스마트폰 게임을 즐기는 편이 아닌데, 우연한 기회로 접한
'PICKA'라는 게임이 너무 재밌는 거예요. 가슴이 두근두근, 혼
자 상처받았다가 이게 현실이면 얼마나 좋을까 싶고, 그야말로
연애 세포가 용솟음쳤더랬죠. 미술관 '마음'에서의 만남을 쓸 때
가수 '이라온'을 생각하면서 썼어요. 이때 플레이리스트에 이라온
곡이 가득했거든요.

/

시간을 접다

드디어 취업 뽀개기에 성공했다. 합격 문자를 받은 이은은 얼떨떨해서 이게 도무지 현실 같지 않았다. 4학년 1학기부터 낸 이력서는 그 수를 헤아리는 데 지쳤지만, 면접의 기회는 손으로 꼽힐 정도였다. 그랬기에 자신을 뽑아준 데에 대한 감사한 마음으로 평생 노비처럼 일할 수 있을 것 같았다.

이은의 마음에 현실감이 없고 얼떨떨하기만 한 것은 다분히 다사다난했던 그녀의 과거 때문이었다. 어린 시절 그녀에겐 익숙한 결핍 덕분에 그것이 결핍이란 사실조차 몰랐다. '갖고 싶다, 먹고 싶다, 하고 싶다' 같은 기본적인 욕망조차 들지 않았다. '감히'라는 표현이 딱 맞을 것이다. 그땐 힘든 줄 몰랐지만, 시간이 지나 보니 더 나은 걸 꿈꾸지 못한 과거가 그렇게 안쓰러울 수 없었다. 이은에게 그 시절은 그야말로 살다 보니 살아진 과거였다.

그녀는 어려운 가정 형편으로 휴학을 3번이나 해야 했다. 만약 대학 규정이 3년을 넘는 휴학을 허용해주었다면 그녀가 졸업하는 데 걸린 시간이 7년이 되었을지 8년이 되었을지 아무도 모를 일이다. 여자임에도 군대를 다녀온 것과 꼭 맞는 나이가 되었고 재학 중에도 계속해야 했던 아르바이트 때문에 학점과 토익 점수는 겨우 커트라인을 넘겼다.

그날은 운이 좋았다. 하루에 면접이 두 번이나 잡혀 있었다. 오전에 강북에서 면접을 보고 오후에는 강남에 면접이 있었으니까. 오전 면접을 평범하게 끝내고 헐레벌떡 오후 면접장에 도착했다. 곧 면접을 봐야 했지만 긴장할 여유조차 주어지지 않는 숨 가쁜 일정이었다. 면접장에 들어섰더니 면접관이 세 명이었고 지원자는 다섯이었다.

대단한 스펙 하나 없는 이은은 이날 면접관들로부터 가장 많은 질문을 받았다. 질문을 건네는 면접관의 눈빛마저 따스하게 느껴졌다고 하면 유난일까? 휴학 기간의 성실했던 전력과 제힘으로 이뤄질 것이 분명한 대학 졸업이 큰 관심을 불러온 모양이었다. 질문에 응하면서도 이은은 '이거 몰래카메라인가?' 그런 생각마저 했다. 면접장을 나서자 같이 면접을 봤던 지원자 하나가 다가와 손을 내밀었다.

"인상적인 인터뷰였습니다."

이후 있었던 임원 면접에서 위기가 있기는 했다. 3명의 지원자가 들어간 면접에서 한 명은 외국에서 살다 왔고, 다른 한 명은 해외연수를 다녀왔단다. 이은은 절로 주눅이 들어 대단찮은 영어 질문에도 한참을 헤매야 했다. 다행히 1차 면접 점수가 높아서 그랬든지 아니면 지원한 직군에 영어가 필요하지 않기 때문인지 덜컥 최종 합격을 하고 만 것이다.

다시 잡기 어려운 기회를 손안에 들고 그녀는 이것이 스스로 누려 마땅한 행운이라고 믿기로 했다. 항상 모자랐던 그녀의 삶은 이제 평균 이상을 보장해주는 삶을 목전에 두고 있었으니까. 이름만 대면 모두가 아는 이 직장에서 이은은 자신의 재능을 맘껏 펼칠 계획이었다.

이은은 누구보다 열심히 일했다. 요즘 사람들은 일을 줄 때만 기다린다고, 찾아서 할 줄 모른다는 선배들의 이야기는 앉은 자리를 가시방석으로 만들었지만 괜찮았다. 딱히 급한 일이 없어도 자연스럽게 야근했다. 선배들의 일을 돕고 그리 급하지 않은 일을 처리했다. 자신의 성실함에 만족하면서. 이렇게 회사 동료들과 어울리는 삶이 나쁘지 않다는 생각이 들기도 했다.

백팩은 매고 캐리어는 끌며 찾은 게스트하우스 앞에서 이은은 한참을 쭈뼛거렸다. 이미 여러 나라를 거치며 도착한 나라지만 외국인과 말을 섞어야 한다는 걱정에 다시 영어 울렁증이 도지기 시작했다. 금발 머리, 젊은 호스트의 안내를 받아 도착한 방의 창 너머로는 눈 덮인 알프스산맥이 보였다.

그날 그 방엔 이은만 체크인을 한다고 했다. 호스트는 그 사실을 알리며 '완전 너 운 좋다!'는 표정을 지어 보였기에 이은도 환하게 웃으며 'wonderful!'이라고 엄지를 들어 보였다. 그리고 도미토리 룸에 홀로 앉아 알프스를 보고 있노라니 자신이 정말 유럽에 왔다는 실감이 났다.

런던, 파리와 같은 화려한 도시 속에 있다 스위스에 오니 하루가 정말 길었다. 저녁밥을 먹으면 할 일이 없는 게 조금 낯설었다. 지금껏 지나온 대도시의 화려한 야경이 스위스에는 없었다. 그야말로 별일 없는 그 시간이 당연한, 평화로운 시간이었다. 밤이 깊어질수록 사위가 조용해지자 지그시 눌러 두었던 마음이 요동치며 피어올랐다.

이은은 여행을 떠나오며 지금 자신에게 가장 큰 고민을 굳이 생각하지 않겠노라 다짐을 했다. 일종의 선택 보류. 누구에게 하소연해도 제정신이 아니라는 질책이 따라왔다. 누군 못 들어가 안달하는 곳인데 왜 그만두냐는 거였다. 과연 그들이 자신의 문제를 진지하게 고민했나 싶을 정도로 잔소리의 내용이 천편일률적이었다.

딸의 합격 소식을 자랑스러워하던 부모님께 너무 힘들어서 버틸 수 없었다고 둘러댔다. 예상대로 그 말 앞에 부모님은 어떤 말도 보태지 못하셨다. 그렇게 짧다면 짧고, 길다면 긴 3년여의 직장인 생활을 끝낸 후 이은은 유럽 배낭여행을 떠나왔다.

유레일 패스만 믿고 세세한 기차 일정을 신경을 쓰지 못한 그녀는 스위스의 작은 도시, 인터라켄에 하루 더 발목이 묶였다. 베네치아에 예약해둔 숙소를 빠르게 포기하고 그날 밤을 보낼 숙소를 물색했다.

그녀는 루체른과 인터라켄에서 게스트하우스에 묵었던지라 예상치 못한 하룻밤은 한인 민박에서 묵고 싶었다. 다행히 한인 민박에 자리가 있었고 그곳에 도착해보니 기대 못 한 무리가 이은을 기다리고 있었다.

그들은 또래의 한국인 무리였다. 모두 같이 떠나온 건 아니고 현지에서 만난 사이라고들 했다. 이은도 그들과 쉽게 어울릴 수 있었고, 단내가 날 지경이었던 입으로 정신없이 한국어를 쏟아냈다. 여행 자체가 좋긴 했지만, 누군가와 여행의 즐거움에 대해 맞장구를 치며 이야기를 나누는 건 이전엔 채워지지 않았던 즐거움이었다.

이은은 여행 내내 가벼운 길거리 음식으로 끼니를 때워 왔다. 그래서 이날 밤 모두가 함께하여 시끌벅적한 식사 자리가 반가웠다. 자신의 취향껏 COOP에서 구매한 음식들을 풀어놓자 저녁상이 제법 근사했다. 살인적이라고 말할 스위스의 물가, 거기에 더 부담스러워서 미처 맛보지 못한 퐁듀도 직접 만들어 먹자 스위스 여행의 정취가 완성되는 기분이었다.

그때 누군가 이런 자리에 빠질 수 없는 여행 괴담을 늘어놓았다. 어느 부부가 신혼여행으로 인도로 떠났는데, 정말 잠깐 한눈을 판 사이에 아내가 사라졌다. 남편은 귀국 일정을 미루고 아내를 찾아 전국을 헤맸다. 우여곡절 끝에 아내를 찾았는데, 길가에 버려진 아내의 몸엔 장기가 하나도 없었다는 이야기. 이런 이야기의 배경은 대부분 인도나 중국이었다.

이은은 팔짱을 끼고 소름이 돋은 팔을 쓸어내렸지만, 확신하고 있었다. 자신에겐 절대 일어나지 않은 일이라고. 아마 그 자리에 있던 모두가 그렇게 생각할 거였다. 그것은 그냥 여행의 유흥이었다. 다른 곳을 여행하고 온 사람들이 자신들이 겪은 불쾌하거나 공포스런 경험을 영웅담처럼 보태기 시작할 때였다.

급작스레 식당 문이 열리며 사람 한 명이 더 들어왔다. 큰 키 때문에 고개를 살짝 숙이고 들어서는 사람은 젊은 남자였다. 무리 중 몇이 웃으며 남자를 반겼다. 그는 가져온 음식을 전자레인지에 돌리고 무심하게 자리를 잡았다. 주위에서 그에게 퐁듀를 권하며 금세 화기애애한 분위기가 만들어졌다.

"여기는 올해 스무 살이고 이름은 구은찬. 무려 아이돌 연습생!!!"

소개하는 사람의 말투에 자랑스러움이 잔뜩 묻어나 있었다. 아이돌 연습생 소리에 좌중에서 '올~' 소리가 길게 이어졌다. '은찬'이란 이름의 남자는 엉거주춤 인사를 하고 자신을 소개한 형에게 잊지 않고 핀잔을 날렸다.

"그놈의 연습생 소리 좀 그만. 잠깐 바람 쐬러 온 백수라니까."

처음 그를 봤을 때부터 이은은 표정을 갈무리하기가 어려웠다. 낯이 익다는 소리는 작업 멘트 1순위라서 절대 입 밖에 낼 리가 없지만, 첫인상부터 너무 익숙했다. 자꾸만 눈이 갔다. 말끔한 외모에 시선이 가는 건 인간의 본능이라지만, 이름까지 듣고 나니 심장이 뭍에 나온 물고기처럼 펄떡거렸다.

구은찬. 그는 과거 이은의 10년 전 남자친구였다. 과거 그의 직업이 아이돌 연습생은 아니었지만, 저 얼굴과 저 이름을 가진 그를 못 알아볼 수가 없었다. 많은 이들이 여전히 과거와 다를 바 없는 연예인을 보면서 나이를 나만 혼자 맞았다고 자책한다. 그처럼 이은 자신은 이제 서른인데, 은찬은 왜 과거 그대로인지 이해가 되지 않았다.

영화나 소설에 보면 주인공이 과거로 회귀하는 이야기가 종종 등장하는데, 저 구은찬이 그 구은찬이라면 회귀를 한 건 이은이 아닌 구은찬이었다. 그것도 10년 전으로. 그리고 어쩌면 당연하게도 구은찬은 이은을 전혀 알아보지 못했다.

"혹시 고향이 어디예요?"

혹시나 하는 기대를 하고 이은은 은찬의 인사가 끝나자마자 질문부터 던지고 봤다. 얼른 확인하고 싶었고 납득할 만한 답을 얻고 싶었다. 그 질문에 주위의 시선이 그녀에게 몰렸다. 수작치곤 너무 본격적이라고 생각했을까?

"고향이요? 어…. 저 그게…. 강원도 양양인데…."

뒷머리를 긁적이며 뱉는 그의 대답에 모두 요즘 서핑으로 핫한 곳이 아니냐며 대화의 주제는 금방 서핑 성지로 이어졌다. 점점 의심이 확신으로 변하던 이은의 머릿속이 뒤죽박죽됐다.

같은 얼굴에 같은 이름, 거기에 고향까지 같다? 눈앞의 남자는 누가 뭐래도 자신의 전 남친, 10년 전 버전이 맞았다. 모두가 바라면서 동시에 절대적으로 바라지 않는 일, 의외의 장소에서 전 남친을 재회하는 일. 그런데 자신을 10년을 고스란히 먹고 상대는 과거 모습 그대로라면 과연 누가 만나고 싶어 할까? 아니 이런 일이 현실에서 일어난 확률은 있고?

그날 밤 무슨 정신으로 시간을 보냈는지 몰랐다. 다른 사람들과 웃고 떠들다가도 어느 순간 정신을 차리면 은찬을 바라보고 있었다. 과거 그는 음식을 꼭꼭 씹어 먹을 때 입 끝 쪽으로 작은 보조개 하나가 생겼었다. 볼에는 북두칠성을 닮은 주근깨도 있었고 멍한 이은의 두 눈에 그 보조개와 주근깨가 선명했다.

그와 눈을 마주치기도 여러 번이었고, 그럴 때마다 못 할 짓을 하다 들킨 것처럼 마음이 두근거렸다. 과거 그를 향했던 감정이 스멀스멀 기어 올라와 이은은 일찍 자리에서 몸을 일으켰다.

간밤 내내 뒤척이기만 한 이은은 다음날 예정보다 일찍 숙소를 나섰다. 받아들일 수 없는 현실을 피하는 것이 상책. 신이 있다면,

어떤 뜻으로 이런 장난을 하는지 모르겠지만, 일단 눈앞에서 치워두고 싶었다. 혹시라도 운명이라서 다시 만난다면 그땐 그에게 용기 내 다가설 수 있을지도

　

이후 여행은 순조로웠다. 베네치아를 거쳐 드디어 로마에 입성한 이은은 한국 가이드가 진행하는 투어 상품을 신청했다. 투어가 특히 좋았던 것은 비슷한 또래의 친구들이 자연스럽게 만날 수 있다는 점이었다. 그들과 자연스레 말을 트고 함께 어울렸다. 한국에서라면 기대하기 어려웠을 친밀감의 발로였다.

모두는 '여자 나이 서른이면 결혼과 여행이라는 선택의 갈림길에 선다'라는 결론에 크게 동의했다. 기대만큼 안정적인 서른은 아니었지만, 용기 있게 떠나온 자신들에 대해서는 아낌없는 박수를 보냈다.

"난 있잖아~ 이맘때의 여자들에게 결혼이란 건 뭔가 덫 같다는 생각이 들더라. 내가 결혼에 대해서는 꼭 파블로프의 개가 된 것 같아."

친구 A는 대학원생이었다. 만나던 남자에 대해서 확신이 없었던 그녀는 과거의 자신을 덤덤히 고백했다. 그들이 던진 '결혼'이란 미끼에 침을 흘리고 지금껏 홀로 쌓아왔던 성과를 한순간에 집어 던질 생각까지 했었단다. 그런 자신이 실망스럽지 않을 리 없었다. 연애에

매번 그런 반복이 있다 보니 A는 많이 지쳐 있었다.

외국계 기업에서 꽤 잘 나간다던 친구 B 역시 어제와 같은 오늘, 오늘과 같을 내일에 질려버린다고 호소했다.

"열심히 살아왔지만, 이거 뭐 허들 게임인가? 이걸 넘었다고 좋아하는 마음이 잦아들기도 전에 또 다른 허들이 나타나는 식?"

이은도 고작 3년의 직장생활에서 자신을 갈아내 어떤 성과를 낸다는 느낌을 받았다. 그럴 적마다 처음 합격 소식을 들었을 때의 감동을 떠올려 보려 애썼지만, 사람 마음은 그렇게 호락호락하지 않았다. 이은 역시 한 마디를 보탰다.

"앞으론 행복뿐인 줄 알았지. 평소처럼 야근하고 불 꺼진 자취방에 돌아왔는데 숨이 막혀 죽을 것 같은 거야. 그게 꼭 내 미래 같아서"

그 말을 하자마자 이은은 춥고 어두웠던 자취방의 어둠이 자신에게 스며드는 것 같았다.

셋은 늦은 밤 세인트 안젤로 성의 야경을 바라보며 맥주보단 이야기에 취했다. 서른의 인생은 조금만 안으로 들어서면 너무 닮아 있어 동지애가 절로 느껴졌다.

셋은 서로의 이름도 연락처도 알지 못했다. 즉 그들은 여기서 우연히 하나의 점이 되었지만 결국 다시 만나지 않을 평행선으로 남은 시간을 살아낼 것이다. 다만 여행지에서의 더없이 잘 맞는 사람을 만났다는 것, 그걸로 족했다.

로마에서의 여행 동안 셋은 일정을 맞춰 관광지들을 함께 섭렵했다. '진실의 입' 앞에서 과장된 포즈로 서로의 사진을 찍어주고 콜로세움이 보이는 언덕의 계단에 누워 단체 사진도 남겼다. 스페인광장선 물멍도 불멍도 아닌 사람멍을 하며 시간을 낭비했고 트레비 분수에선 다시 돌아오길 기원하며 동전 2개를 어깨 너머로 던졌다.

대단한 걸 한 게 없는데도 그 어느 때보다 자신으로 충만해지는 느낌이었다. 그 어느 때보다 자유로웠다. 마치 여행이란 것을 계기로 몸 안의 어떤 스위치가 켜진 것 같았다. 과거의 나로선 상상할 수 없는 또 다른 나, 그러나 분명 '나'인 무엇이 자연스럽게 흘러나왔다.

이은은 친구들과의 작별 후 나폴리로 향했다. 새로운 도시의 첫 감상은 뭔가 이제 새로운 것 없다는 권태로움이었다. 거리에 쌓여 있는 쓰레기더미를 보자 치안이 불안정하다는 말이 빈말이 아니란 실감이 났다. 그 모습이 불안을 더 부채질했다.

그녀는 일단 숙소부터 찾기로 했다. 남부 이탈리아 여행의 베이스캠프가 카프리라서 한인 민박에 짐을 맡아 달라고 미리 요청해둔 상태였다. 낯선 역 앞 광장에서 숙소까지의 거리를 가늠하던 중 눈앞에 상상하지 못한 일이 벌어졌다. 이은을 발견한 상대도 놀라긴 마찬가지였다.

여기가 무슨 시골 읍내도 아니고 무려 유럽의 도시, 나폴리인데 이렇게 우연히 만나는 게 가능하다고? 인터라켄에서 헤어진 지 수일이 지났고 내심 그게 끝일 줄 알았던 구은찬을 딱 마주친 것. '운명이라면 다시 만나겠지'라는 덧없는 바람이 이렇게 이뤄질 줄은 정말 몰랐다.

"누나~ 어떻게 여기서 만나요? 우와~ 우리 엄청 인연인가 봐요"

눈을 반달처럼 접은 은찬은 자신의 덩치에 대한 자각 없이 이은과의 거리를 확 좁혀왔다. 살짝 곱슬곱슬한 머리카락이 트램펄린이라도 탄 듯 붕붕거렸다. 불안으로 물들던 마음은 낯익음에 붙잡혀 금세 말랑말랑해졌다.

알고 보니 은찬도 나폴리를 여행의 베이스캠프로 잡고 있었다. 우연은 거기서 그치지 않고 숙소까지 같았다. 뭐 나폴리에 한인 민박이 거기서 거기긴 했지만, 이은은 좀 더 의미를 부여하고 싶었다.

예정에 없이 만나게 되었지만 둘은 그날 피자 맛집으로 유명한 'Da Micheal'에서 나폴리 피자를 맛보았다. 파리에 가면 에펠탑과 사진을 찍어야 하듯 나폴리에선 이 얇은 피자를 먹어봐야 했다. 피자를 먹으며 둘은 다음 날 소렌토로 향하는 기차를 함께 타기로 약속했다.

"누나, 누나~ 그거 알아요? 나 인터라켄에서 누나 만났을 때 진짜 깜짝 놀랐잖아요"

한인 민박에서 만났을 때 은찬은 굉장히 덤덤해 보였는데… 오히려 가슴이 뛰어 참을 수 없던 건 이은인 것을 그는 절대 모를 거였다.

뒤늦게 안 사실에 따르면 은찬은 루체른에서 리기행 유람선을 탔을 때 이은을 봤다고 했다. 한국 사람 만난 게 너무 반가워서 말을 걸어보고 싶었는데, 뭔가 혼자 둬야 할 것 같았다나? 그때의 그녀는 꽤 사연이 있어 보였나 보다.

은찬과 이야기를 나눌수록 이은은 과거 그와의 좋았던 추억에 그의 매력 하나를 덧대게 되었다. 나이를 먹고 그를 다시 보니 그땐 부족하다고 느꼈던 서툴고 어설픈 것들이 굉장히 사랑스럽게 보였다. 그게 너무 좋아서 맥없이 자꾸 웃음이 났다.

이은은 과거 은찬과 사귄 시절을 스스로 가장 꽃다운 시간으로 기억했다. 그를 보고 첫눈에 반해 행복한 연애를 했다. 사람이 이렇게 좋아질 수 있단 걸 그때 처음 알았다. 그것은 한결같고 큰 사랑을 준 은찬 덕분이었다.

하지만 사소하게 쌓여가는 상처들이 미래를 두렵게 했다. 시간이 지날수록 서로에게 더 지쳐갈 게 너무 뻔해 보여서, 아니 그럴까 봐 매사에 말과 행동을 고르느라 그와 어떤 것도 함께하지 못할 것 같았다. 그것은 상상만으로도 너무 겁나고 마음이 아픈 일이었다.

다행히 서로 얼굴을 붉히는 이별은 없었다. 그 뒤로 이은은 조금 더 늦게 은찬을 만났으면 어땠을까? 부질없는 상상을 여러 번 했었다.

그날 밤 방문을 두드리는 소리에 문을 여니 손에 맥주 캔을 든 은찬이 보였다. 그는 입 모양으로만 '마실래요?'라고 묻는다. 그렇게 함께 맥주를 홀짝이며 은찬이 사실은 아이돌 연습생이 아닌 이미 데뷔한 아이돌 멤버란 걸 알게 되었다. 고대한 데뷔를 했지만, 결과가 기대에 미치지 못했다고 했다.

심란한 마음에 여행을 떠나온 것 같았다. 그래서 해파리처럼 부유하듯 여행하고 있다며 해사하게 웃는데, 말과 표정의 무게가 너무 달라서 마음이 아팠다. 아픈 중에도 저런 표정을 지으려면 얼마나 많이 표정 연습을 했을까 싶어서였다.

"난 데뷔만 하면 다 될 줄 알았죠 근데 데뷔하고 보니깐 차라리 연습생 때가 나았더라고요"

이은은 은찬을 통해 많은 아이돌 연습생들이 감기처럼 공황장애를 앓는다는 소리를 듣고 적잖이 충격을 받았다. 소속사에서 매 순간 평가받고 치열한 경쟁을 할 것을 짐작하긴 했지만, 공황장애가 올 정도로 심각할 줄은 몰랐다. 그리고 공황장애를 앓는다는 사실을, 그래서 약을 먹는다는 사실을 들키지 않으려고 전전긍긍한단 소리가 그렇게 씁쓸하게 들릴 수가 없었다.

그런 아이들을 두고 정신이 나약하단 댓글을 다는 사람들은 어떤 삶을 사는 사람들일까? 과연 우리는 공황장애가 올 정도로 노력해 본 적이 있을까? 이제 고작 20대를 시작한 은찬의 삶은 적은 나이에도 불구하고 이은의 삶과 별반 달라 보이지 않았다. 이은은 30대를 맞이하는 자신의 삶이 은찬에겐 안온해 보일지 궁금했다.

이은이 은찬의 나이였을 적에 그녀는 엄마에게 푸념하듯 질문을 던졌었다. 아마도 새로운 상황에 적응하기 바빴을 것이고 친구와의 일이 생각과 달랐을 것이며 학교의 중간고사가 겹쳐있었던 때로 기억했다.

"엄마~ 나도 엄마처럼 나이가 들면 마음이 평온해지나?"

미성년자였던 시간에서 초침 하나 움직였다고 이제 성인이란다. 첨엔 무지막지하게 허용된 자유가 반가웠지만, 내내 자신을 괴롭혔던 질풍노도는 모양새를 달리할 뿐 전혀 끝나지 않았다. 오히려 허리케인으로 성장한 기분이었다.

'무엇이든 다시 경험해보고 그다음에 내 것으로 삼아야지!' 다짐했지만 그건 다시 태어나기만큼이나 어려운 일이었다. 어지러운 마음을 떠안고 보니 차라리 젊음을 포기하고 싶어졌다. 그래서 조금은 얼른 진짜 어른이 되길 바랐다.

엄마는 그녀에게 그 어떤 대답도 해주지 않았다. 그날의 엄마처럼 이은도 혼란스러워하는 은찬에게 어떤 위로도 건네지 못했다.

다음 날 둘은 소렌토 여객선 선착장 근처의 해변을 조용히 걸었다. 지금까지 둘이 나눈 대화가 무색하리만큼 어색한 침묵이 가라앉았다. 카프리로 떠나는 배의 출발시간이 되자 이은과 은찬은 제대로 된 인사도 없이 작별했다. 여객선에 타기 전 해변에서 산, 딸기는 신선하지 않았고 그저 뜨뜻미지근했다.

뱃길을 달리다 이은은 소렌토 항구를 돌아봤다. 과연 그가 은찬에게 바라는 것이 무엇일까 고민하면서. 항구엔 붙박인 듯 인영 하나가 내내 그대로였다.

카프리에서 그녀는 관광객들이 많이 타는 케이블카를 탔고 자신의 지갑을 끊임없이 열게 하는 아기자기한 마을을 마음껏 즐겼다. 가끔 사진을 찍는 이은의 렌즈 앞으로 개구쟁이처럼 얼굴을 들이대는 카프리의 청년만 아니라면 지루할 정도로 평화로운 일상이었다.

그날의 마지막 장소는 이름을 알지 못하는 언덕이었다. 카프리는 여행객 대부분이 '푸른 동굴'만 보고 스치듯 지나는 섬이라서 그녀는 오히려 하루를 이곳에서 묵고 싶었다. 일몰을 볼만한 장소를 호텔 프런트의 도움으로 겨우 알아냈다.

마을버스를 타고 이동한 섬의 끝자락엔 고작 작은 등대 하나만 서 있을 뿐. 근처 공터에선 동네 청년들이 농구를 하며 따분한 시간을 보내고 있었다.

일몰 시각이 한참 남아 이은은 작은 숲을 가로질러 일몰이 더 잘 보일만 한 곳을 찾아 나섰다. 숲은 고요했고 자박자박 길을 걷는 자신의 발걸음 소리만 들려왔다.

그곳의 일몰은 대단치 않았다. 여기가 유럽이라는 이은의 마음만 조금 다를 뿐이었다. 기다린 시간을 희롱하듯 순식간에 해는 지평선

아래로 녹아들었고, 사위는 놀랍도록 금방 어두워졌다. 숲을 돌아나 갈 일이 까마득하게 느껴졌다. 기대감으로 걷던 숲길에 두려움이 스며들었다.

그 순간 쓸데없이 뇌가 창의적인 회로를 돌리기 시작했다. 아까 보았던 이탈리아의 청년이 나쁜 마음을 먹으면 어쩌나? 자신을 죽이고 시체를 숲속에 버려두는 상상이 눈앞에 생생히 펼쳐졌다. 평소 영화를 너무 본다는 친구들의 지적이 옳았다. 엉뚱한 상상은 자꾸 몸체를 불렸다.

숲을 모두 빠져나와 카프리의 마을버스에 올라타는 그 순간까지 누구도 마주치지 않아 이은은 괜히 머쓱해졌다. 그렇게 상상 속에서 생사를 다투던 이은은 창밖으로 스쳐 지나가는 풍경을 보며 지금껏 자신을 괴롭히던 수많은 고민이 참으로 부질없다는 생각이 들었다.

아무 일이 일어나지 않았음에도 그 공포는 손에 잡힐 듯 매우 구체적이었다. 식은땀이 나고 심장 박동수가 올라간 것이 그 증거였다. 반면에 한국에서 마음 한쪽을 강하게 누르던 두려움은 뜬구름과도 같은 추상적 두려움에 지나지 않았다.

어둠을 달리는 버스로 호텔로 돌아오는 길, 이은은 '구멍가게'라는 표현이 어울릴 작은 슈퍼에 들러 손에 잡히는 대로 먹거리를 사 왔다. 호텔 방 침대 위에 사 온 먹거리를 모두 풀어놓고 만찬을 즐겼다. 떨어진 빵 부스러기와 음료 얼룩은 살짝 모른 척했다.

자연히 눈이 어둠뿐인 테라스 너머를 향했다. 밖으로 발을 내딛자 바다 내음이 묻어난 바람이 부드럽게 뺨을 스쳤다. 칠흑 같은 어둠 속의 항구는 몇 개의 빛으로만 존재했다. 마음은 평화를 넘어 어떤 고양감까지 드는 조용한 밤이었다.

이은은 카프리를 벗어나 시끌벅적한 이탈리아인들이 가득한 버스를 타고 아말피로 향했다. 이탈리아인들의 호쾌하고 오지랖이 넓은 성정이 한국인과 똑 닮았다고 하더니 겪어보니 정말 맞는 말이었다. 언어만 다를 뿐 대화를 나누는 모양새만 보면 상대 집의 숟가락 개수까지 알 것 같았다.

창밖으로 보이는 절벽 위의 알록달록한 마을들에 시선을 빼앗기다 정신을 차려보니 관광지 냄새를 물씬 풍기는 아말피 해변에 도착해있었다.

저물녘 항구로 나간 그녀는 아말피 항구의 빛을 보케 형태로 카메라에 담았다. 아무리 카메라나 렌즈의 기술력이 발달한다고 하더라도 그 어떤 기계도 사람의 눈 만큼 풍경을 담아낼 수 없음을 다시 확인했다.

그 밤 아말피의 야경은 그녀의 마음마저 제법 잘 담아냈다. 이은은 앞으로 쭉 자신이 그 사진을 보게 될 것 같다는 예감이 들었다. 사진을 조금 더 찍고 자리를 뜨려던 그녀의 눈에 해변에 있는 공중전화가 보였다.

이은은 주머니 안에서 1유로를 꺼내 공중전화기에 넣고 아직 기억하고 있는 전 남친의 전화번호를 한 자리씩 꾹꾹 눌렀다. 과연 1유로로 국제전화가 가능한지, 그의 번호가 아직 그대로일지 많은 게 궁금했다. 그는 10년 전의 모습으로 이은의 곁에 왔었는데, 한국에도 여전히 은찬이 존재할지가 가장 궁금했지만.

의외로 정상적인 연결음이 들렸다. 연결음에 따라 심장이 펄떡이다가 동전이 떨어지는 소리에 그녀의 심장도 추락하는 듯했다.
"여보세요"
상대가 전화를 받았다. 그 목소리는 분명 이은이 기억하는 그의 목소리였다.

그냥 호텔로 돌아가기 아쉬운 이은은 광장에 자리를 잡고 오가는 사람들을 구경했다. 자기가 연예인도 아닌데 아무도 자신을 알지 못하는 곳, 아무도 내게 관심을 두지 않은 곳에서 마음이 편해지다니 좀 우스운 노릇이었다.

오가는 사람들의 궤적 사진을 찍는 이은에게 이탈리아 청년 둘이 다가왔다.

"여행 왔어? 시간 되면 우리 같이 놀래?"

유럽 어느 나라를 다녀도 여행자이기 때문인지 가벼운 마음으로 말을 걸어오는 외국인들이 줄곧 있었다. 매번 모른 척하며 자리를 피해 왔지만, 오늘 밤 그녀는 아직 이곳에 조금 더 있고 싶었다.

"미안해. 난 시간이 없어."

"왜 너희는 매일 시간이 없대? 한국인, 일본인 와서 사진만 찍다가. 같이 놀자."

분위기가 조금 난감했다. 많은 사람이 오가는 광장이라서 청년들이 막무가내로 굴진 않겠지만 이은은 잠깐 이 상황이 무서워졌다. 어떤 대답을 더 해야 하는지 우물쭈물하는 그녀에게로 청년이 한 발짝 더 다가왔다.

그때 누군가 이은의 허리를 감싸 안았다. 갑작스러운 상황에 어떠한 방어도 못 하고 몸이 살짝 뒤로 당겨졌다. 금세 상대의 따뜻한 체온이 느껴졌다.

"자기야~ 많이 기다렸지?"

익숙한 목소리, 익숙한 친밀감. 그러나 여기서 절대 만날 수 없는 사람. 그는 다름 아닌 소렌토에서 헤어졌던 은찬이었다. 청년들은 김이 샜다는 표정을 숨기지 않고 어슬렁거리며 멀어져 갔다.

"너 여긴 어쩐 일이야?"

난감한 상황이 해결되자 놀란 마음에 그를 나무라는 것 같은 말투가 튀어 나갔다.

"누나 보러 왔는데? 광장 아니면 바닷가일 줄 알았다니까."

눈앞에 선 은찬의 존재가 믿기지 않으면서도 몸과 마음의 긴장이 금세 녹아내렸다.

나폴리에서 그와 맥주를 마시던 밤, 은찬은 우연히 그녀가 펼쳐둔 여행 책자를 봤다고 했다. 그때 딱 열려있던 페이지가 아말피였고 은찬은 그녀가 카프리에서 1박을 할 줄 몰라 어제부터 대기를 하고 있었단다.

소렌토에선 내심 그가 자신을 잡아주길 바랐던지도 몰랐다. 그러나 그렇게 인사도 없이 싱겁게 헤어져 놓고 이곳까지 쫓아온 그의 마음이 궁금해졌다. 당장이라도 그의 대답이 듣고 싶으면서 동시에 듣고 싶지 않아 도망치고 싶기도 했다.

낯선 시간, 낯선 장소에서 만난 사람 앞에서 누구든 너무나 솔직해졌다. 그것은 떠나온 사람에게만 허용된 특권일까? 누가 물어온 것도 아닌데 자신도 모르게 그렇게 본심이 툭툭 튀어 나가게 되는 것은. 복잡한 마음을 잠시 치워두고 도망치듯 유럽으로 떠나온 건 은찬도 다르지 않다는 것을 이은은 이미 알고 있었다. 또한 은찬도 시간이 지날수록 마음속 질문에 대한 답을 자신은 이미 처음부터 알고 있단 사실을 알아차렸을 것이다. 이은 자신처럼.

"누나~ 나 너무 힘들어서 아이돌 그만둘까 하는 마음으로 여행을 왔었어요"

그가 구구절절 말하지 않아도 그가 아이돌로 데뷔하기 위해 얼마나 애썼을지 어렵지 않게 상상할 수 있었다. 그렇기에 그 마음을 접는 것이 얼마나 두려울지는 차마 상상이 되지 않았다. 긴 시간 하나의 목표만 보고 살아왔는데, 그게 하루아침에 정리가 될 리 없다. 또 정리했다 한들 과연 미련 없이 새로운 일을 시작할 수 있는 사람도 많지 않을 것이다.

"근데 이제 아무래도 좋아. 처음 만나는 누나가 낯익고 계속 생각나는 거 이거 운명 맞죠?"

그 말을 듣자 이은은 1차로 가슴이 내려앉았다가 2차로 시원한 마음이 들었다. 겁쟁이 자신은 그가 좋아져도 결국 욕심내지 못했을 텐데 먼저 건네오는 손이 고마웠다. 그가 아니었다면 자신은 결국 어떤 핑계를 대서라도 계속 도망만 다녔을 게 뻔했다.

은찬은 자신의 눈앞에 서 있는 이 사람이 어떤 존재인지 모른다. 아마 평생 모를 것이다. 사실 이은조차 아직도 믿기 어려운데…. 그런데도 이렇게 다시 만난 둘은 사랑에 빠졌다. 그 운명 같은 우연이 또 그 마음에 흡족했다. 이은은 한 번 더 은찬의 전부가 되고 싶었고, 그도 자신의 전부가 되길 원했다.

말없이 생각에 빠진 이은을 고민 중이라고 판단했는지 은찬이 말을 보탰다.

"어떤 거절도 거절할래요. 그냥 누나 옆에 있으면 안 돼? 허락해 주면 안 돼요?"

조금은 애처롭게, 조금은 간절하게 바라보는 은찬의 눈빛을 보자 이은은 자신이 거절할 수 없음을 바로 깨달았다. 할 수 있는 건 고작 두 손을 드는 것뿐이었다.

다시 시작되는 사랑에 가슴이 벅차 그녀는 자신도 모르게 은찬을 향해 손을 뻗었다. 과거 둘은 헤어졌었다. 과거의 답은 알지만 그게 미래의 답일지는 아무도 몰랐다.

여행에서 돌아온 이은은 상당히 정신없는 시간을 보내고 있었다. 여행 후 좀 더 시간을 갖고 재취업을 준비하려고 했는데, 의외의 제안으로 그녀는 새로운 인생을 살게 되었다. 여행 중 올린 SNS의 사진들에 팔로워 수가 꾸준히 느는가 싶더니 어느 기점에 그 수가 폭발적으로 증가했다.

믿기지 않는 현실에 이은이 어리둥절할 때 출판사로부터 여행 에세이 제의가 들어왔다. 그녀가 사진 밑에 쓴 짧은, 고민의 글들이 청춘들에게 많은 공감을 불러오며 위로가 되었다는 게 편집자님의 평가였다.

이은은 그것들을 지극히 사적인 이야기라고 생각했는데 알고 보니 그것은 우리 모두의 이야기였다. 이 사진전 역시 에세이 출간을 기념하는 작은 행사였다.

바쁘게 준비한 새 일이었지만, 이은에게 이 일을 하나의 이벤트였다. 여전히 자신의 미래엔 어떤 것도 확실한 게 없었고, 그 불안정이 지금처럼 기꺼웠던 점은 한 번도 없었으니까.

알록달록한 이국의 풍경들이 갤러리의 하얀 벽과 대조를 이루며 선명하게 눈에 들어왔다. 그 가운데 유독 시선을 사로잡는 사진이 한 장 있었다. 천장의 창을 통해 들어온 자연조명이 비추는 벽면엔 뒤를 돌아보는 남자를 담은 사진이 있었다. 남자의 뒤로 에메랄드빛 지중해가 5월의 햇빛을 받아 반짝이고 있고, 시선을 돌리는 중이었던지 남자의 곱슬머리가 하늘을 향해 기분 좋게 만세를 부르고 있었다.

남자의 얼굴을 채운 따뜻한 미소 속에 미처 지우지 못한 놀람이 조금 묻어나 있었다. 그가 보고 있는 상대가 어떤 존재인지 모를 수 없는 그 미소는 윤슬처럼 눈이 부셨다.

갤러리 안, 사진을 향해 다가오는 낮은 발소리. 탄탄한 어깨를 감싼 슈트가 단정하게 떨어지고 조금은 얇은 허리 아래로 보이는 곧은 다리에 눈이 다 시원해졌다.

뒷짐을 진 그의 손엔 여행 에세이 한 권과 파란색 장미 꽃다발이 들려 있었다. 남자는 갤러리에 들어서자마자 어떤 망설임도 없이 빛 속의 소년이 있는 사진으로 향했다.

잠시 후 떨어진 곳에서 게스트와 대화를 나누던 이은이 사진 앞에 선 남자를 발견하고 천천히 그에게 걸어온다.　　　/ 2020.08.27.

작가의 NOTE

종이책뿐 아니라 웹소설이나 웹툰도 많이 보는 편인데, 타임리프를 소재로 한 소설이 정말 많아요. 주인공만 과거로 돌아가 새 삶을 사는 기회를 얻지요. 반대로 주인공의 상대방이 과거로 돌아간다면? 하고 상상해봤어요. 온앤오프의 노래 '다시 사랑하게 될 거야'처럼 다시 사랑에 빠지는 이야기를 쓰고 싶었고요.

/

기쁨의 하이(기쁨' s high)

이 두근거림이 달리고 난 후의 벅찬 호흡 때문인지 아니면 빈속을 타고 내려간 카페인 때문인지 그도 아니면 그를 보자마자 느낀 어떤 감정 때문인지 알 수 없었다. 평소 무감했던 기쁨이었기에 그녀는 지금 자신이 느끼는 이 감정의 정체가 알고 싶어졌다.

한기쁨은 이젠 신도시로 이름 붙이기 민망하게 훌쩍 커버린 도시, 미평에 근무하는 흔한 직장인이다. 보통 그녀는 전동킥보드를 타고 출근을 하지만 일주일에 1~2번 정도는 없는 힘을 짜내 비루한 몸을 달리게 했다.

이 달리기마저 없다면 하루의 많은 시간 책상머리에 앉아 있는 자신의 다리가 퇴화할지도 모른다는 위기감 때문이었다. 그녀의 평소 체력은 건널목 신호 때 달리기만 해도 숨이 넘어가는 정도였다.

아침 기상 시간을 알리는 스마트폰의 알림과 동시에 집안의 조명들이 모두 빛을 밝혔다. IoT로 연결된 조명들도 기쁨과 함께 하루를 시작하는 것이다.

"시리야~ 오늘 날씨 가르쳐줘."

아직 잠에서 완전히 깨지 못해 다소 낮은 목소리로 기쁨이 시리를 불렀다. 잠깐의 시차를 두고 귀에 익은 목소리가 날씨를 알려주었다.

"현재 날씨는 맑음 상태이며 기온은 25도입니다. 오늘 최고 기온은 28도, 자외선 주의보가 발령되어 있으니 선크림과 선글라스를 준비해주세요"

뛰기 좋은 날씨라고 할 수는 없었다. 그러나 뭔가 핑계를 갖다 붙이기 시작하면 루틴이란 말은 금방 무색해진다. 기쁨은 현관문을 열어 비대면 세탁 구독 서비스로 받게 된 세탁물들을 안으로 들여놓고는 레깅스와 품이 넉넉한 티셔츠를 입었다.

집에서 회사까지의 거리는 직선코스로 5km, 달리면 대략 40분이 걸렸다. 미평의 대표 하천인 진천을 따라 뛰는 코스는 러너에게 더없이 훌륭한 코스였다. 이른 시간 한적한 천변을 달리는 고적함과 약동하는 신체의 조화는 뛴 사람만 아는 흥분을 선물처럼 안겨준다.

기쁨의 몸은 사실 달리는 일에 쉽게 적응하지 못했었다. 나아짐이 뚜렷하지 않고 매번 힘들기만 해서 과연 몸이 적응하고 있긴 한 건지, 한다면 계속 내리막길을 걷게 될 체력에 맞춰 운동의 강도를 조금씩 줄여나가야 할지 벌써 머릿속이 복잡했다.

그럴 때마다 그녀는 병상에 누운 자신을 상상했다. 호흡 한 번이 모자라 죽기 전에 하고 싶은 말을 모두 하지 못한 자신의 모습을. 그러면 조금 힘이 났다. 아무리 힘들어도 호흡 한 두 번은 더 쉬고 죽지 않겠냐는 위로.

기쁨이 달리기를 포기할 수 없는 결정적인 이유가 있었다. 정말 죽는 게 아닐까 싶을 정도로 토기가 올라올 때가 있다. 생각보다 사람의 몸은 대단해서 그렇게 쉽게 죽음이 찾아오지 않는다.

용케 그 지점을 지나고 나면 급작스럽게 가벼워지는 몸에 당황스러울 때가 온다. 몸만 그런 게 아니라 머리도 맑아지고 경쾌한 느낌이 몰려온다. 지금까지의 고됨이 거짓말처럼 한순간에 사라지며 계속 달리고 싶은 마음이 든다. 그런 마음을 겨우 억누르고 출근을 해야 한다는 것이 직장인의 애로였다.

이 느낌은 쉽게는 헤로인을 했을 때나 오르가즘을 느낄 때와 비교되곤 한다. 이런 상태를 일명 '러너스 하이(runner's high)' 내지는 '러닝 하이(running high)'라고 부른다.

이런 기분 덕분인지 아침부터 땀을 가득 쏟고 나면 몸의 찝찝함과는 다르게 정신은 더할 수 없이 맑아졌다. 평소보다 빠르게 뛰는 심장이 온몸의 피를 새것으로 바꾼 것 같은 개운함이 그저 기분 탓만은 아닐 것이다. 과거 있는지도 몰랐던 심장의 존재를 실감하게 되는 게 정말 말할 수 없이 좋았다. 기쁨은 달리기를 멈추지 않을 것이다.

카페 Seize the day

낮이면 직장인들로 붐비는 고층 빌딩들 사이에 늘어나는 거라곤 커피숍뿐이었다. 건물의 코너마다 자리한 다양한 브랜드의 커피숍을 보고 있노라면 저 커피숍들을 따라 직장인들의 피가 흐르는 것 같았다.

카페 seize the day는 기쁨의 회사가 위치한 빌딩에서 절대 가깝다고 말할 수 없는 위치였지만 좋은 커피 맛 덕분에 인근 직장인들 일부러 찾는 커피 명소였다.

"기쁨님~ 오늘도 달리셨나 봐요"

자주 와 낯이 익숙한 이든이 먼저 알은척해주었다. 평소의 기쁨은 단골이라고 먼저 반가운 척을 해주고 일상적인 대화를 나누려 드는 상대를 딱 부담스러워했다. 그럴 땐 슬그머니 발길을 끊곤 했는데,

이곳은 부담스럽지 않은 선을 아는 것 같았다. 덕분에 이 카페를 이용한 지 벌써 반년이 다 되어가고 있었다.

이곳의 메인 바리스타, 이든은 언제나처럼 별도의 주문 없이도 기쁨의 메뉴를 전해주곤 했다. 오늘은 조금 더 강한 각성을 원한 그녀는 다급한 목소리로 이든에게 추가 샷을 요청했다.

오늘의 이든은 평소와 다르게 계산 후 스탭룸에서 나오는 다른 바리스타에게 주문을 인계했다. 옅은 미소를 지으며 양해를 구하는 것도 잊지 않았다.

"기쁨님, 죄송한데 나머지는 이 친구가 해줄 거예요. 다음에 봬요"

지금껏 보아온 이든은 참 한결같았다. 아침에 받는 그의 따뜻한 환대에 기쁨은 언제나 자신이 꽤 괜찮은 사람처럼 느껴졌고 그 태도만큼이나 그가 내려주는 커피는 맛도 좋았다.

며칠 들르지 못한 사이 바쁜 아침 시간대에 추가로 인력을 보충한 모양이다. 등장한 이는 새로 온 바리스타인지 얼굴이 낯설었다. 허리에 앞치마를 질끈 두르는 그에게 귀엣말한 이든이 스탭룸 안으로 쏙 사라졌다.

기쁨에게 살짝 눈인사를 한 새 바리스타가 등을 보이고 커피를 내리기 시작했다. 아직 출근 전쟁이 시작되기 전인지라 카페는 제법 한적했기에 주문한 커피는 금방 나올 듯했다.

그녀는 카운터 주위를 어슬렁거리다 얼굴에 흐르는 땀이 간지러워 주문대 옆의 티슈를 아무렇게나 집어 들었다. 그즈음 눈이 자연스레 바리스타의 등으로 향했다. 운동을 한 건지 타고난 골격이 좋은 건지 반듯한 어깨와 넓은 등이 움직이는 모습에 절로 시선이 갔다. 절경이었다.

"손님, 주문하신 쓰리샷 아이스 아메리카노 나왔습니다."

넋을 잃고 바리스타의 뒤태를 구경하던 기쁨이 깜짝 놀라 부리나케 픽업 코너로 쫓아갔다.

이마를 덮는 앞머리 아래로 드러난 얼굴이 앳돼 보였다. 그는 잠시 기쁨의 얼굴을 멍하니 보더니, 고개를 푹 숙였고 어디서 바람 빠지는 소리가 들렸다. 때는 이때다 싶은 그녀 역시 얼른 눈을 내려 그의 명찰을 보았다. 그의 닉네임은 '바론'이였다.

바론바론바론. 기쁨은 잊지 않으려고 그 이름은 입속으로 여러 번 되뇌었다.

커피를 들고 seize the day에서 나온 기쁨이 빨대를 쪽 빨자 쓴 커피가 몸 안으로 흘러들어와 온몸을 짜르르 돌기 시작했다. 카페인이 그녀의 뇌를 세게 후려치며 앙금처럼 남아있던 피로가 말끔하게 날아갔다. 아직 몸 안에 고여있는 호흡과 만난 카페인이 주는 고양

감에 전신이 짜릿할 정도였다.

기쁨은 이렇듯 운동 후 아이스 아메리카노를 마실 때 자신이 이 맛에 운동하는 게 아닐까 싶었다. 위에 좋지 않다는 이 음료를 더 오래 마시기 위해서라도 기를 쓰고 운동을 해야겠다는 다짐은 덤이 었다.

자리를 뜨기 전 기쁨은 아쉬운 마음에 뒤를 돌아보았다. 이제 막 출근해 종종거리며 바쁘게 움직이는 바론을 다시 본 순간, 그녀의 심장 어딘가에 무언가가 부딪혀 오는 둔통이 느껴졌다. 쓰리샷이 과 했나 하는 반성보다 더 큰마음 때문에 그녀는 자신도 모르게 발밑을 내려다보았다. 혹시 지금 심장이 바닥으로 떨어진 건가? 기쁨은 한 참 그 자리를 떠나지 못했다.

텅 빈 사무실에 들어선 기쁨은 진천이 내다보이는 창가 자리를 맡아두는 것으로 일터에서의 하루를 시작했다. 오는 순서대로 원하는 자리를 골라 앉을 수 있는 자율 좌석제 덕분에 누릴 수 있는 호사였다. 그 외에 샤워실이 있다는 것도 기쁨이 현 직장에 만족하는 서비스였다. 만약 샤워실이 없었다면 땀을 쏟는 달리기는 상상도 못 했을 것이다.

그녀가 샤워실 문을 팔랑 열었다. 샤워실은 아직 이용한 사람이 없는지 바짝 말라 기분 좋게 쾌적했다. 샤워 후엔 역시 회사에서 제공되는 조식을 이용할 기대에 흥얼흥얼 콧노래를 부르던 기쁨은 거울을 보았고 이내 즐거움이 순식간에 사라졌다.

거울 속 기쁨의 얼굴은 아무렇게나 붙어 있는 휴짓조각들로 엉망이었다. 카페에서 땀을 닦은 휴지가 이리 집요히 붙어 있을 줄이야! 바론이 자신에게 갖게 된 첫인상이 웃참(웃음 참기)이라니!

#일요조찬클럽

3년 차라고 하지만, 실제 근무 기간은 1년 반 정도가 된 기쁨은 입사 동기들과 작은 모임을 하나 만들었다. 초반엔 누가 들어오고 또 누가 나가고 의견충돌 등 의례 여러 사람이 모이는 곳이라면 빠지지 않는 다양한 소란들이 있었다.

시간이 지남에 따라 모임이 정리되어 현재는 기쁨을 포함 여자 동기 5명이 남았다. 기쁨은 학창 시절의 친구가 진짜 친구란 말이 틀렸음을 이즈음 알게 되었다. 그땐 친구들이 내 정체성의 너무 많은 부분을 차지해서 맘에 들지 않는 부분이 있어도 참거나 자신을 그들에게 맞추기 위해 애썼다.

사회생활 후 나와 어느 정도 같은 기호와 취향을 공유한 사람을 만나고 보니 학창 시절 소비했던 에너지들이 참 덧없이 느껴졌다. 기쁨은 일상과 비슷한 관심사를 공유해서 할 말이 끊이지 않는 이 동기들이 가족 같았다.

모임의 이름은 '일요조찬클럽'. 모임이 일요일 오전 10시에 잡혀 있고 오는 대로 브런치를 주문해 먹기 때문에 붙여진 이름이었다. 시간도 10시에서 11시 사이로 느슨하게 잡혀 있다.

우리는 브런치를 먹으며 서로의 일주일을 공유했다. 누구는 책을 더 읽다 가기도 했고, 누군 와서 커피 한 잔만 마시고 일어서기도 했다. 참석 인원도 제각각이었지만, 일주일을 마무리하는 이 시간이 쌓일수록 이 모임에 기쁨의 마음은 고이기 충분했다.

이번 모임엔 드물게 5명의 인원이 모두 모였다.

"은혜아, 너희 팀 과장이 한 주간 벌인 진상 좀 들어볼까? 우리 모두 함께 씹고 듣고 맛보자꾸나."

총무팀 김과장은 본인은 알 도리가 없지만 사실 오전열시클럽의 오랜 단골손님이었다. 열심히 일하지만 뭔가 초점이 조금 어긋한 그는 주위 사람들을 조금 힘들게 했다. 자신의 선의에 대해서는 죽어도 의심하지 않으면서.

다른 팀에까지 소문이 자자한 그의 기행은 마치 자극적인 아침

드라마 같은 구석이 있어서 욕하면서도 또 찾아 듣게 되는 재미가 있었다. 김과장 뒷담화의 소란이 사그라질 때쯤 기쁨이 슬쩍 입을 열었다.

"얘들아~ 나 좋아하는 사람 생겼어."

너무 부끄러워 손끝도 발끝도 오그라드는 기분이었지만 기쁨은 무슨 자랑이라도 되는 듯이 자꾸만 그 마음을 내보이고 싶었다. 수줍은 그녀의 고백에 친구들 모두의 눈이 휘둥그레지며 기쁨으로 집중됐다.

"에에에에?"

미혼 여성들답게 대화에 이성에 관한 이야기가 자주 오르내렸지만, 기쁨만은 이런 쪽으로 무심해 동기들은 그녀를 무성욕자로 놀리곤 했었다. 그런 기쁨이었기에 그녀의 고백이 대단히 의외로 들렸을 것이다.

"한기쁨, 네가? 설마 드라마 주인공이라든가 뭐 남자 아이돌 그런 거면 죽는다."

무리 중에서 제일 존재감이 돋보이는 수현이 제일 먼저 기쁨이 좋아하는 상대에 관심을 보였다.

"어…. 아직은 그냥 나 혼자 좋아하는 건데, 너희들도 알 수 있는 사람이야."

그 말에 친구들이 서로의 얼굴을 바라보며 눈알을 굴리는 것이 기쁨 주위의 남자들을 떠올리는 게 분명했다.

"기쁨씨, 누구? 잠깐만 기다려봐요. 혹시 영업팀 강대리? 아니면 같은 팀 박사원일까요?"

존댓말이 더 편하다며 오래 알아도 말을 놓지 않는 은혜가 추리를 펼쳐 나갔다. 엉뚱한 사람들이 친구들 입에 오르내리는 게 싫은 기쁨은 재빨리 짝사랑의 상대를 공개했다.

"바론이야."

다시 친구들 눈동자가 구르는 소리가 들리는 듯했다.

"잠깐만, 외국인이야?"

완전 의외라는 듯 소연이 벌어진 입으로 슬그머니 손을 올렸다. 그리고 설마 하는 눈빛으로 수현이 먼저 질문을 던졌다.

"혹시 seize the day 신입 바리스타 그 바론이야?"

"엥? 바리스타?"

소란은 잠시 소강상태가 되었다. 소문에 어두운 소연을 제외한 은혜와 수현, 연수는 이미 바론의 정체에 대해 알고 있었다. 그들 사이에 빠른 눈빛 교환이 이뤄졌다.

"어… 기쁨~ 이런 말 조심스러운데, 그 바론이 이미 좀 유명해졌던데, 괜찮겠어?. 바론 덕분에 카페 매출이 올랐단 얘기까지 있더라고"

연수가 진심으로 걱정이 된다는 듯 조심스럽게 말을 전했다. 수현이나 은혜의 반응도 크게 다르지 않았는데, 그런 상대를 짝사랑해서 어떻게 하겠냐는, 달리 말해 가능성 없는 짝사랑이라는 뉘앙스였다. 이를 눈치채지 못할 정도로 기쁨이 눈치가 없진 않았다. 남의 눈엔 당연히 그래 보일 것이다.

연애 경험이 많지 않은 그녀는 이렇게 남들이 상상하기 어려운 만남을 하고 있단 사실에 기분이 좋아졌고 이후엔 어떤 일들이 벌어질지 기대하게 되었다. 가슴이 두근거렸다.

기쁨의 침묵으로 분위기는 금세 다른 이야기로 바뀌었다. 다음 주제는 오늘 있었던 은혜의 실수담이었다. 회의 자료를 출력하던 그녀는 8부를 인쇄하려다 실수로 0 하나를 더 부치는 바람에 엄청난 문서 폭탄을 맞았단 소리를 아주 우스워 죽겠다는 톤으로 이야길 했다. 보고서 1부의 분량은 무려 20장이었다.

다행히 프린터 안에 준비되어 있던 종이가 떨어져 문서가 1,600장이 인쇄되는 사단은 일어나지 않았지만, 보지 않아도 한동안 프린터가 열을 내며 종이를 토해내고 다른 직원들의 출력 업무가 마비된 모습이 눈에 보이는 듯했다.

"아! 근데 다행인 건 정말 타이밍이 좋아서 아무도 눈치 못 챈 것 같아요."

그녀는 자신이 본인의 실수를 감쪽같이 덮을 수 있었다고 안심하고 있는 것 같았다.

"은혜씨, 회사 생활의 무서운 점이 뭔지 알아?"

안경을 치킥 올리며 연수가 침착한 어조로 그녀를 바라봤다. 전혀 모르겠다는 표정의 그녀를 바라보는 연수의 표정은 네가 모를 수밖에 없다는 체념이 묻어나 있었다.

"아무도 모르겠지? 라고 생각하면 회사 사람들 다 알고 있다는 거야."

그 말에 잠깐 은혜의 얼굴이 사색이 되었다. 손도 잘게 떨고 있는 것 같았다. 그 모습을 미처 보지 못한 소연도 말을 보탰다.

"그거 진짜 맞아. 근데 또 웃긴 게 뭔지 알아? 다 알겠지? 그러면 또 아무도 몰라."

그 소리에 모두가 뒤집힐 듯이 웃어대기 시작했다.

"근데!!! 아~ 몰라! 했어. 그럼 나만 모르고 남들 다 알고 있는 거 완전 소름."

수현까지 말을 보태며 테이블을 두들기며 요란하게 웃어댔고 주위 테이블에서 기쁨의 무리를 쳐다볼 정도였다.

　기쁨은 마음을 한껏 부풀게 하는 새로운 시작을 축하받고 싶었다. 이런 감정은 처음이라서 그녀는 혹시 조깅이나 카페인으로 인한 물리적인 두근거림을 저 혼자 설렘으로 착각하는 것일 수도 있겠다고 생각했다. 그러니 스스로 자신의 감정을 더 잘 알 필요가 있었다. 적어도 그때까진 어떤 기분 좋은 가정도 포기하고 싶지 않았다.

　예상대로 바론이 인기가 많았다. 역시 사람 눈은 다들 비슷한 모양이다. 안 그래도 핫플이라서 출근 시간, 점심 후 시간엔 손님들이 많았는데, 이전보다 더 바글바글해진 느낌이었다. 아론과 바론 둘이 커피를 내려도 손님이 딱히 주는 게 보이지 않았다. 기쁨은 이들 중 과연 몇 명이나 바론을 보기 위해 왔을지 또 그들 중 얼마나 많은 사람이 자신의 경쟁자일지를 가늠할 수 없었다. 한숨부터 나왔다.
　여직원들 사이에선 바론이 과거 아이돌 연습생이었다, 현재 배우 지망생이다, 여러 이야기가 분분했다. 누군가 바론에게 물어봤다는데, 그는 대답 없이 빙그레 웃기만 했단다.

　정작 seize the day에서 느낄 수 있는 가장 큰 변화는 소란스러움이 아니었다. 카페에 들어설 때 기쁨의 마음이 달랐다.

　카페에 간다는 생각만으로도 괜히 숨이 가쁜 것 같았다. 그리고 카운터 뒤의 바론이 자신을 쳐다본다는 생각만으로도 피부가 따끔따끔했다. 아니 기쁨은 바론이 자신을 봐주길 간절히 원했다.
　이성에 대해 또 연애에 대해 과거 가지고 있었던 바람들이 얼마나 허무맹랑했는지 기쁨은 그제야 알게 되었다. 현재의 기쁨이 바라는 것은 실질적이고 뭔가 자신을 뒤흔드는 강력한 것인 모양이었다. 시작한 것도 없는데 이렇게 욕구가 강렬해도 되는 건지 알 수 없었다.

　자연스럽게 일요조찬클럽에서 기쁨의 이야기 단골 소재는 바론이 되었다. 그가 얼마나 아름다운 손을 가졌는지, 커피 한 잔을 내리는 데에도 얼마나 세심한 주의를 기울이는지 기쁨은 눈앞에서 보듯 생생히 그려냈다.

　솔직히 그가 내린 아메리카노의 맛이 특출난 줄은 모르겠지만 그가 내린 커피 한 잔으로 하루를 좀 더 기쁘게 시작할 수 있다는 사실은 분명했다. 그런 날은 뒷사람이 어리둥절하거나 말거나 기꺼이 문을 잡아주는 여유를 부릴 수 있었고, 실수가 잦은 부사수에게 드문 관대함도 베풀 수 있었다. 삶에 생기와 평화가 깃들었다.

기쁨은 자신이 바론에게 느끼는 감정을 누군가와 공유하고 싶었다. 그럴수록 제 감정이 정리되고 더 깊어져 그녀는 바론이 더 좋아졌다. 그녀의 삶은 더 재미있어졌고 삶의 모든 순간을 제대로 살아내고 있는 것 같았다. 카페의 이름처럼.

"이번 주에도 바론을 봤는데, 연보라색 맨투맨 티셔츠가 너무 잘 어울리지 뭐야?"

마치 꿈을 꾸는 듯 멍한 눈길로 이야기하는 기쁨이었다.

말할 기회를 노리고 있었다는 듯이 소연이 질문을 건넸다.

"기쁨아~ 근데 바론에게 고백은 언제 할 거야?"

그 소리에 기쁨은 그제야 자신이 아주 중요한 걸 잊고 있다는 걸 깨달았다. 이건 뭐지? 하는 마음으로 모든 행동이 정지되었다. 왜 지금껏 바론에게 다가서기 위한 노력을 하나도 하지 않았을까? 이렇게 보기만 해도 좋은데, 닿으면 얼마나 좋을까?

다음번 카페 방문에서 기쁨은 바론과 간단한 대화를 나누었다. 날씨를 들먹인 간단한 인사였고 고생이 많다는 다소 부장님다운 격려의 말이었지만 이것은 제법 눈에 띄는 발전이었다. 서비스직답게 바론은 친절히 응답했고 대화의 말미엔 그녀의 손에 보라색 마카롱을 하나 쥐여 주었다.

어쩌면 바론도 기쁨에게 좋은 감정이 있을지 몰랐다. 그렇지 않고서야 은근슬쩍 마카롱으로 자신의 마음을 드러낼 리가 있나? 웨이팅 중인 다른 손님들의 눈치가 따가웠다. 어깨의 높이가 조금 올라가는 것 같았다.

첫사랑이었다. 남들이 10대에 하는 첫사랑은 이뤄지지 않는다고 하는데, 기쁨의 첫사랑은 늦게 도달했기 때문인지 좋은 신호를 보내고 있었다.

요즘의 기쁨은 일주일을 간격하고 기대하고 또 무너졌다. 이 감정의 굴곡은 바론으로 인한 것이면서 동시에 일요조찬클럽으로 인한 것이기도 했다. 그날 수현의 기분이 좋지 않았던가? 시간이 지나 기쁨은 그때 모임에 등장한 수현의 기분이 어떠했는지 기억해보려 애썼지만 떠오르는 것은 딱히 없었다.

"한기쁨! 정신 차려! 바론은 네가 누군지도 모를걸? 그 카페에 하루에 드나드는 여자들만 해도 몇이야? 널 기억 못한다에 내 통장 잔고를 건다!"

처음부터 무거운 분위기는 아니었다. 수현의 그 말에 누군가는 월

급이 스쳐 가는 그 통장에 잔고가 남아있기는 하냐며 농담을 던지기도 했었으니까.

수현은 일요조찬클럽에 자주 나오지는 못해도 항상 솔직하고 제 욕구를 드러내는 것에 거리낌이 없었다. 그래서 그 지적이 기쁨에게는 뼈아프게 다가왔다. 가장 핵심을 찌르는 지적임을 인정할 수밖에 없었다. 또한 기시감이 느껴지는 부분이기도 했다.

학창 시절 좋아하던 아이돌에 대한 감정은 애달프도록 절절했지만, 항상 그 마음의 다른 이름은 공허함이었다. 그는 기쁨이 이 세상에 존재하는 것조차 모를 테니까. 자신은 그 아이돌의 노래를 들으며 위로를 받지만, 화려한 무대를 떠난 그는 누구보다 외로움을 느끼고 공허함을 느낄 테니까. 그런데도 서로의 공허함이 이어질 날은 절대 오지 않을 게 너무 분명했다.

그 뒤로도 수현의 그 말은 불쑥불쑥 수면 위로 올라와 기쁨이 땅굴을 파게 했다. 그럴 때면 바론과 이어지는 일은 영원히 없을 것만 같았다. 그러면서도 슬그머니 화가 났다. 꼭 사람과 사람의 마음이 닿기만 해야 하는 건지, 그렇지 못한 마음은 모두 배척 맞아 마땅한지.

카페에서 특별한 커피 한 잔을 마시고 바론이 건네는 아름다움이나 이든의 친절함은 그 자체로 충분하지 않나? 누군 그녀의 머릿속

꽃밭을 나무랄지 몰랐지만, 사소한 우연이 황폐한 사막에 꽃을 피우는 경험이 모두에게 허락된 것은 아니었다. 그래서 그 마음은 일주일 안에 아물고 괜찮아졌기에 기쁨은 7일의 몰락과 회복을 기꺼이 받아들일 수 있었다.

그렇지만 그녀 안에서 일요조찬클럽이 몰락으로 이어지자 이 모든 상황이 기쁨에겐 버거워졌다. 본래부터 모임이 강제가 아니긴 했다. 그렇다고 매번 대수롭지 않아 보이는 일로 참석을 미루는 것들이 아무렇지 않을 수는 없었다. 결국 그들에겐 이 모임이 대수롭지 않은 것이고, 더 신나는 일이 있다면 얼마든지 대체 가능하단 의미일 거였다. 기쁨과는 참으로 다른 무게감이었다.

그녀는 일주일 내내 이날을 기다렸고, 모임 전날은 얕은 흥분 때문에 설레어 잠도 오지 않았다. 일요조찬클럽에서 이야기를 나누며 서로의 세계를 나눈다고 생각한 그녀의 마음이 금세 옹색해졌다. 어떤 날은 브런치 카페에 기쁨 혼자 덩그러니 앉아 있기도 했다.

'또 나 혼자 진심이지.'
자괴감이 장마 때 강물처럼 범람했다. 다들 담백하고 깔끔한데 저 혼자 질척거리는 것 아닌지. 자괴감과 우울함에 헤엄치다 보면 또 아무 일 없는 듯 모임이 순조롭게 흘러가는 것처럼 보이기도 했다.

그런 중에 어떤 특별한 날이 다가왔다. 생각해보면 그전에 수많은 전조가 있었을 것이다. 다만 눈치채지 못했거나 알고 있음에도 눈을 감아 왔을 뿐. 오늘도 동기들은 덤덤하게 기쁨의 말을 들었고 성의 없이 고개를 끄덕였다.

 물꼬를 튼 건 의외의 인물, 소연이였다. 그동안 기쁨의 말을 잘 들어준 상대였기에 그 반전에 압도되었다. 기쁨은 소연이 입을 연 순간부터 죄지은 것도 없는데 괜히 가슴이 두근거렸다.

 "기쁨아~ 아무리 생각해도 이건 아닌 것 같아. 네가 사춘기 소녀도 아니고 누군가를 만나 열심히 연애해도 모자랄 시기에 짝사랑이 말이 되니? 거기다 바론이 너랑 어떻게 될 가능성? 제로야, 제로. 내 말이 무슨 말인지 알겠지?"

 조곤조곤 이어지는 설명에 저절로 고개가 떨어졌다. 맞는 말인 걸 알면서도 기쁨은 동시에 그 소리가 듣기 싫었다. 이 나이에 첫사랑이 그것도 짝사랑이 때에 맞지 않는다고 생각할 수 있었다. 그러나 자신의 마음을 허무맹랑한 것으로 매도하는 건 좀 억울했다.

 "아니…. 그냥 좋아하는 것도 안 돼? 사람 좋아하는 것도 무슨 자격이 있는 거야?
 차라리 혼잣말 같은 기쁨의 말이었다.

"안된다는 얘기가 아니잖아. 기쁨씨가 내내 바론 얘기만 하는데, 그것도 어떤 진전도 없는 그 얘기를 줄곧 듣는 게 우리에겐 고역이란 생각 안 해봤어?"

소연이 조심스러운 태도와 상반된 아픈 말을 하면서 동의를 구하듯 동기들을 둘러보았다. 기쁨은 차마 그들의 눈을 마주할 수 없었다. 그 눈빛에서 동의를 읽을까 봐 두려웠다.

자신은 그동안 바론과의 관계가 나아지고 있다고 생각해왔는데, 남들 보기엔 여전히 답 없는 짝사랑이었나 보다. 지금껏 기쁨은 혼자만의 착각으로 동기들 앞에서 원맨쇼를 벌였고 이를 본 동기들이 자신을 얼마나 비웃었을지 상상도 되지 않았다.

기다렸다는 듯 던진 은혜의 한 마디가 기쁨에게 더할 수 없는 충격이었다.

"그리고…. 내가 조심스러워 말 못 했는데, 바론이 여직원들이 주는 연락처를 다 받는다고 하더라고요. 내가 봐도 이건 아냐. 기쁨씨~ 이건 진짜 아닌 것 같아요"

머릿속 꽃밭의 꽃들이 뽑혀 나가서 초라하게 뿌리를 드러냈다. 그때까지 사태를 관망하던 수현이 결심이라도 한 듯 말을 보탰다.

"네 연애에 감 놔라 배 놔라 할 생각 없긴 한데, 이건 알아야지.

첫눈에 반한 건 결국 외모만 봤다는 거잖아? 그거 결국 섹스하고 싶단 소리야. 우리 유전자엔 우수한 유전자를 보면 번식을 하고 싶은 본능이 새겨져 있거든."

본능, 섹스! 바론을 두고 한 번도 떠올려 보지 않은 단어들이었다. 물론 바론과 조금은 닿고 싶다고 생각했지만, 자신의 머릿속 생각과는 많이 다른 타인의 생각이 당황스러웠다. 이들이 그동안 자신의 감정을 정말 하나도 제대로 읽지 못했다는 사실에 맥이 빠졌다.

날이라도 잡았는지 자신을 향한 부정적인 감정이 비처럼 쏟아졌다.

"진짜 마지막으로 한마디만 더! 너 그 말끝마다 웃는 버릇도 좀 고쳐봐. 촌스럽고 한심해 보여. 그렇게 헤픈 웃음이 바론에게 좋게 보일 리도 없잖아?."

그 소리와 함께 팽팽하게 당겨진 줄 하나가 툭 끊어졌다. 은혜가 살짝 기쁨의 눈치를 살피는 게 보였다. 기쁨은 살면서 웃음이 헤프다는 소리를 처음 들었다.

사회생활을 시작한 후 웃음으로 상황을 모면하는 것은 기쁨 나름의 생존 전략이었다. 부끄러울 때, 무리한 부탁을 받았을 때 슬쩍 웃음으로 그 상황을 넘길 수 있었는데 이런 박한 평가를 받을 줄은 정말 몰랐다.

뒤늦게 얼어붙은 상황을 정리하기 위해 연수가 나섰다.

"얘들이 오늘 다 왜 이래? 지난주에 다들 안 좋은 일 있었어? 기쁨아~ 그냥 흘려들어. 우리가 오래 봐와서 표현이 격한 거지, 다들 너 걱정해서 하는 말인 거 알지?"

"맞아요, 기쁨씨. 차라리 소개팅 할래요? 나 대학교 때 동아리 선배가 진짜 사람이 괜찮은데, 왜 진작 소개해줄 생각을 못 했지?"

은혜도 기쁨에게 치대며 기분을 풀어주려고 애썼다.

자신의 마음을 공유했을 뿐 기쁨은 동기들에게 자신의 감정을 함부로 평가하고 조언이란 이름의 충고를 하도록 허용한 적이 없었다. 처음엔 좋은 의도였을지 몰랐지만 그런 마음이 도를 넘는 건 순식간이다.

기쁨은 바론이라도 그가 자신을 좋아하는 자신의 마음을 마치 권리 삼아 자신을 함부로 대했다면 당장 그에 대한 애정을 철회했을 것이다. 결국 자신이 그들에게 듣고 싶었던 것은 공감과 사랑의 응원이라 할지라도 그게 비난받을 일은 아니었다.

이런 일이 쌓이자 왜 그를 좋아하게 됐는지 후회가 되었다. 이렇게 괴로운 거라면 한순간에 모두 그만두고 싶다는 마음마저 치밀었다. 그렇게 극단으로 치달을 때면 동시에 내가 좋아한 것, 나다운 것까지 모두 잃어버릴까 봐 겁이 났다. 이리저리 휘둘리며 나를 속이

고 꾸민다면 누군가를 사랑하더라도 그게 정말 자신일지 의심스러울 것 같았다.

그러나 기쁨을 가장 힘들게 한 건 그들의 말에 부재한 악의였다. 그들은 여전히 그녀에게 꽤 소중한 존재들이고 앞으로도 그럴 확률이 높았다. 그들이 정말 나쁜 의도로 그랬을 거란 마음도 들지 않았다.

거기에 악의가 없다면 문제는 자신인 건지 정말 답을 알 수 없었다. 타인의 조언을 받아들이지 못하는 옹졸한 사람, 마음이 꼬인 사람이 된 것 같았다. 이제 동기들을 아무렇지 않게 볼 자신이 없었다.

그녀에게 가장 상처가 됐던 말을 뱉었던 은혜가 모임을 마친 후 커피와 케이크 이모티콘을 선물해왔다. 그때만 해도 어디 이딴 걸로 자신의 잘못을 면죄 받으려고 하냐는 분노가 치밀었다. 다음 순간엔 자존심 때문에라도 이 이모티콘을 사용하지 않고 날려버려야지 마음먹었다.

결국 그 마음은 이모티콘이 무슨 죄냐며 맛있게 먹는 쪽으로 바뀌어 버렸지만, 입맛이 좀 많이 썼다. 사실 그 이모티콘을 볼 때마다 그때의 불편했던 자리로 돌아가는 것 같아서 얼른 써버린 것도 있었다.

기쁨은 결국 일요조찬클럽을 3번 불참했다. 우려대로 그런 일이 있고 난 직후 나갔던 모임에서 동기들 눈을 마주치는 게 힘들었다. 오히려 자신을 아무렇지 않게 대하는 동기들이 대단하게 보였다.

뭔가 감정적인 부분이 지치자 기다렸다는 듯 이성적인 기분이 치고 올라왔다. 덕분에 맡고 있던 프로젝트를 성공적으로 수행할 수 있었다. 팀원들이 건네는 격려는 이른 승진을 기대하게 할 정도였다.

그즈음 회사에서 아침 드라마 취급을 받던 김과장의 퇴사 소식이 들려왔다. 두 귀를 의심할 정도였다. 오히려 퇴사한다면 맨날 투덜거리면서 안주머니에 넣어뒀던 사직서를 팡팡 두들기던 강대리가 그 주인공이 될 거로 생각했었다.

천년만년 회사에 뿌리를 내릴 것 같았던 김과장은 어느 날부턴가 말이 없어지고 가끔은 해탈한 미소까지 지었는데, 그 모습이 참 기괴했다. 그리고 타인의 입을 통해 소연이 바론에게 데이트 신청을 했다 거절당했단 소식을 우연히 듣게 된 것도 그때였다.

그런 중에도 기쁨은 seize the day를 규칙적으로 방문했다. 상처를 받고 나자 이제 더는 상처받기 싫다는 듯 차분해졌다. 왠지 심장도 좀 더 딱딱해진 것 같았다.

그런데도 이곳에 오면 여전히 마음 한쪽이 열려있는 것처럼 무방비해지는 게 신기했다. 고맙게도 바론은 항상 그 자리에 있었고 근사한 얼굴로 커피 한 잔을 내밀었다. 뜨거운 커피 한 잔을 받아 마시면 또 바론에 대한 긍정적인 마음이 차올랐다. 그 마음은 오늘도 몸체를 불려 세상에 향한 따뜻한 마음으로 번져 나갔다.

기쁨은 바론을 천천히 관찰했다. 그의 멋짐 뒤에 숨겨진 모습이 수줍은 듯 하나씩 드러났다. 커피잔을 내어줄 때 꼭 양손으로 내어주는 버릇이 있다는 것, 라테 아트가 서툰 그는 라떼를 찾는 손님이 오면 이든에게 S.O.S를 친다는 것, 주문 손님이 없을 땐 폰을 보기보단 유리창 너머를 멍하니 보고 있다는 것, 그런 사소한 모습들이 눈에 들어왔다. 기쁨은 그런 바론의 모습을 눈에 담으며 고백할 마음을 먹게 되었다.

더웠던 날씨는 어느새 그 기세가 꺾여 아침저녁으로 제법 쌀쌀한 날이 이어졌다. 기쁨은 집 앞의 단골 카페에 앉아 멍하니 창밖 풍경을 즐겼다. 오가며 보던 이곳은 찾는 사람들이 적지 않았는데 주말엔 한적해서 어색하면서 또 좋기도 했다.

지난여름 초록으로 눈이 부시던 거리의 가로수들이 뿜어내는 빛이 미묘하게 변해 있었다. 조만간 노랗게 또 붉게 변할 잎들이 기대되었다. 그건 꼭 자신만 어떤 비밀로 삼고 싶었다.

지난 몇 달은 기쁨에게 분명 특별한 시간이었다. 누군가를 좋아하고 설레는 감정을 느낀다는 건 무엇과 비교할 수 없을 만큼 특별한 경험이었다. 그것은 지금까지 미처 알지 못했던 즐거움이었지만 얼마든지 모른 채 지나칠 수도 있었다. 그걸 우연히 만나게 되었으니 기쁨은 자신이 운이 좋은 것 같았다.

너무 새로운 경험이라서 그녀는 지금껏 쓰지 않았던 몸의 어떤 부분을 처음 작동하게 되었다고 느낄 정도였다. 그래서 서툴렀고 시행착오도 있었다.

많은 사람이 힘들어하는 사람에게 '시간이 답'이라는 위로를 건넨다. 기쁨은 한때 그 위로가 얼마나 구태의연한지, 또 얼마나 무책임한지 생각했었고 또 분노했었다.

직접 경험해보니 그 말은 반은 맞고 또 반은 틀렸다. 시간이 지나갈수록 기쁨은 괜찮아졌으니 그건 분명 시간 덕분이었다. 자신도 모르는 사이 그 일에 크게 마음 쓰지 않게 되었고 제법 웃어넘길 수도 있게 되었다. 그런데 그건 상처받는 게 싫어서 싫은 감정은 물론 좋은 감정까지 덜 느끼도록 감정을 무디게 했기 때문에 가능한 일이었다.

기쁨은 자신이 그런 아픔들로 누군가를 좋아하는 마음을 포기했다면, 또 누군가를 위해 스스로 더 좋은 사람이 되기 위해 애쓰지 않았다면 그것은 오직 상처로만 남았을지도 모르겠다고 생각했다.

타인은 다른 사람을 쉽게 재단하고 물고 뜯는데 앞으로도 그런 일들은 비일비재할 것이다. 그러나 노력해 얻은 '더 나아진 나'는 남는다.

더 튼튼해진 심장으로 하고 싶은 말을 모두 하고 죽을 수 있을 것이고, 타인에게 더 친절한 사람이 되었고, 나에 대해 더 고민하며 나다움을 잊지 않은 사람으로 성장해나가고 있다. 이런 모습은 시간이 무조건 답은 아니란 대답을 들려주었다. 마음이 개운해졌다.

그날 아침 기쁨은 조깅하는 날이 아니었지만, seize the day에 들르기로 했다. 운동할 때 입던 레깅스와 펑퍼짐한 티셔츠를 밀어두고 꽤 번듯한 옷도 챙겨 입었다.

이 특별한 외출에 대해서 일요조찬클럽 동기들에겐 미리 이야기하지 않고 결과만 알려줄 생각이었다. 그때 기쁨은 그동안 자신의 마음을 공감받지 못한 채 판단만 받아 많이 서운했고 힘든 시간을 보냈다는 사실도 이야기할 작정이었다.

그간 그녀는 인간관계에 불필요한 에너지를 쏟을 바엔 차라리 안 보는 게 낫다고 생각하고 행동해왔다. 그러나 기존의 극단적인 방법으론 누구와도 더 좋은 관계를 맺길 어려우므로 기쁨은 변해야 했다.

그녀가 카페의 문을 열자 문에 달린 종이 울리며 손님의 등장을 알렸다. 뒤돌아선 사내의 모습이 낯이 익다고 생각할 무렵 그가 몸을 돌려 기쁨을 쳐다보았다. 서로의 눈빛이 딱 마주친 순간 기쁨은 이든의 눈빛에서 얕은 긴장감을 읽은 것 같았다.

"기쁨씨~ 웬일이세요? 오늘은 조깅하는 날도 아닌데…"
의외라는 표정에 덧입혀지는 반가운 기운을 애써 무시하며 그녀는 주위를 둘러보았다. 바론이 없었다.
바론이 매일 같은 시간에 카페에 있다고 생각한 자신은 얼마나 막무가내였나? 손안에 든 명함의 모서리가 날카롭게 손을 찔렀다. 당황스러움으로 굳어있는 기쁨 앞에서 이든이 쑥스러운 손짓으로 자신의 앞머리를 헝클었다.

"이렇게 갑작스럽게 할 생각은 아니었는데…. 기쁨씨~ 제게 잠깐 시간 좀 내주세요"
이 상황을 이해 못 한 기쁨은 잠시 어리둥절했다. 그와 자신 사이에 무슨 할 이야기가 있을까? 이른 시간이라 카페에 사람이 없는 게 다행이란 생각이 들었다.

그때 이든이 급하게 자리를 옮겨 보라색 마카롱을 챙겨 들더니 카운터를 나서 기쁨에게 다가왔다. 잠시 후 그의 하얗고 긴 손이 기쁨을 향해 뻗어졌다. 기쁨은 마카롱 아래 삐죽 튀어나온 티 코스터 그리고 거기에 손글씨로 적힌 전화번호를 확인하고 고개를 들어 이든을 바라보았다.

"당황스러우시겠지만, 제가 그동안 기쁨씨를 오래 좋아했어요 음…. 그러니까 이제 좀 기쁨씨랑 닿고 싶거든요 아… 말이 이상한가? 저 이상한 사람은 정말 아니거든요…. 아… 망했다. 그냥 한 번 믿어보시고 연락 주시면 안 될까요?"

그 말을 하면서 이든이 마스크를 끌어 내려 얼굴을 드러냈다. 지금까지 카운터 너머 마스크를 쓰고 바라봤던 이든의 모습과는 분위기가 확연히 달랐다.
쌍꺼풀 없이 옆으로 시원하게 뻗은 눈매가 평소엔 조금 차갑다고 느꼈었는데, 마스크를 벗자 전체적으로 순한 인상이 되는 게 신기했다. 자꾸만 이든의 얼굴에 시선이 닿았다.

그 모습이 귀여워 보이기도 해서 또 그렇게 생각하는 자신이 조금 의외여서 기쁨은 웃음이 났다. 이 고백이 너무 당혹스러웠지만 의외의 우연에 갑자기 기분이 말할 수 없이 좋아졌다.

이번엔 이든이 기쁨과 눈을 맞추며 미소를 지었다. 살짝 찡그린 것이 입매인지 눈가인지 불분명한 표정은 마치 울음을 참고 있는 것 같았다. 기쁨은 그 표정이 오래 가슴에 남을 것 같았다.

기쁨이 손을 내밀어 이든이 내민 마카롱과 코스터를 받았다. 손 안쪽을 찌르던 명함의 모서리가 땀에 젖어 더는 손을 찌르지 않았다.

/ 2021.06.24

작가의 NOTE

글을 쓰는 시간이 쌓여도 그에 대한 피드백을 듣는 일은 매번 피하고 싶을 정도로 정말 힘들어요. 충고라는 이유, 악의가 없다는 이유가 절 더 힘들게 하죠. 그런데도 제가 좋아하는 걸 계속하기 위해선 결국 스스로 이겨내야 하는 거잖아요? 달리기에 '러너스 하이'가 있는 것처럼 저도 제 글을 쓰는 일에서 '하이'를 얻기 위해 노력해가는 과정을 담아 더 애정이 가요.

/

성스러운 연애

소년은 샌드위치가 든 도시락을 들고 근처 공원 벤치에 앉았다. 유독 날씨가 좋아 소년은 오늘이야말로 선배들과의 구내식당 대신 공원행을 선택하길 정말 잘했다고 생각했다. 앉은 벤치 역시 봄볕에 따뜻이 데워져 몸에 남아있던 긴장을 녹이기 충분했다. 종이봉투 속 샌드위치를 주섬주섬 꺼내 들자 가루와 내용물이 조금 아래로 쏟아졌다. 한 입 크게 아삭 베어 물었다.

소년은 자연스럽게 눈앞의 풍경에 시선을 빼앗겼다. 일 년 내내 따뜻한 곳, 언제나 기분 좋은 일이 생길 것 같은 바람이 불어와 가슴 속까지 희망으로 부풀게 하는 곳.

그런 생각을 할 즈음 손이 따끔해 내려다보니 범인은 개미였다. 단 냄새가 나는 그의 손을 먹이로 착각하고 이를 박아 넣은 모양이었다. 본능적으로 소년은 손을 털어내고 벤치 위 개미 몇 마리를 손가락 끝으로 꾹꾹 눌러 죽였다. 개미는 손쉽게 사라졌다. 초라한 죽음이란 표현도 모자랄 정도로 허무하게.

소년의 눈길이 이번엔 일렬로 이동하는 개미 무리에 닿았다. 개미 행렬의 끝은 조금 전 소년이 떨어트린 샌드위치 부스러기였다. 자신의 몸보다 훨씬 큰 먹이를 들고 가는 모습에 어이가 없었다.

괜한 심술에 아직 물이 남은 생수병을 기울였다. 쏟아진 물은 그리 많지 않았지만, 그 물줄기는 개미들을 쓸고 내려가기 충분했다.

아마도 물줄기는 중력이 이끄는 대로 개미들을 맨홀 아래로 떨어트릴 것이다. 충동처럼 안쓰러운 마음이 든 그는 맥없이 끌려가는 개미들을 향해 손을 뻗었다. 목전의 죽음에서 탈출한 개미 몇 마리가 볕이 잘 드는 벤치 위에 올려졌다. 오늘 저 개미들은 운이 좋았다.

하느님께서 말씀하셨다. "우리와 비슷하게 우리 모습으로 사람을 만들자. 그래서 그가 바다의 물고기와 하늘의 새와 집짐승과 온갖 들짐승과 땅을 기어 다니는 온갖 것들을 다스리게 하자" 하느님

께서 보시니 손수 만드신 모든 것이 참 좋았다. 저녁이 되고 아침이 되니 엿샛날이 지났다.

– 창세기 1장 중

왜 슬픈 예감은 틀린 적이 없나? 악몽 때문에 식은땀과 함께 일어나는 평소와 다르게 기분 좋은 꿈을 꾼 아침이었다. 따뜻하고 포근한 무언가가 자신을 감싸 안아 주는 느낌. 그 느낌이 너무 실감이 나 조금 더 잠을 자고 싶었다.

하지만 다음 순간 현실의 감각이 뇌를 후려쳤다. 역시 평소보다 몸이 가볍고 개운했다. 그런데 정신은 본능적으로 경고를 울리기 시작했다.

도대체 알람은 언제 끈 건지 기억조차 없었다. 분명 이른 수업 시간에 늦지 않기 위해 여러 개의 알람을 맞췄던 기억이 있건만. 알람에 맞춰 일어나는 일보다 알람을 최대한 빨리 끄는 것에 진심인 몸이 이렇게 원망스러울 수가 없었다.

대충 세수를 하고 옷을 꿰입으며 오늘 듣게 될 수업의 교수님을 떠올렸다. 수강 신청에 실패해 어쩔 수 없이 선택한 이 과목의 교수님은 깐깐하기로 유명했다. 수업이 시작되면 바로 강의실 문을 걸어 잠그면서 또 출석점수 비중이 높으니 아찔할 수밖에!

저 멀리 수업이 있는 건물이 보였다. 허벅지를 터질 듯 놀려 계단을 오른 후 미끄러지듯 강의실로 슬라이딩할 것이다. 한시가 급한 그때 몸에 부딪혀 오는 둔탁한 통증에 숨이 턱 막혔다. 묵직한 무언가가 바닥으로 떨어지는 모습이 느린 동작처럼 천천히 펼쳐졌다. 바닥에 떨어진 것은 반대편에서 오던 남자의 카메라였다.

일이 크게 잘못되었음을 알면서도 러운의 몸은 제멋대로였다. 너무 당황하면 정신과 몸이 분리되기라도 하는 것일까? 몸은 관성의 법칙에 지배를 받는 건지 여전히 가던 길을 향해 달리고 있었다. 그녀는 카메라의 주인공을 향해 안타까운 손을 뻗었지만, 강의실로 향하는 하체를 말릴 수는 없었다. 잠시 후 그녀가 강의실 뒷문을 여는 순간 앞문을 여는 교수님이 모습이 보였다. safe!!! 근데 이거 safe 라고 말할 수 있나?

"러운언니, 들었어요?"

사진 동아리방 문이 벌컥 열리며 누군가 뛰어들자마자 러운을 찾았다. 굳이 돌아볼 필요도 없었다. 현아가 누구보다 빠르고 또 소란스럽게 학내 소문을 전달하는 것이 어제, 오늘 일이 아니었기 때문이었다. 그래도 입이 가벼워서 그렇지 나쁜 아이는 아닌 관계로 카메라 청소를 하던 러운이 최소한의 성의, 손을 멈추고 고개를 돌려 현아를 바라다보는 노력을 기울였다.

"왜? 무슨 큰일이라도 났대?"

라고 물었지만, 눈곱만큼의 호기심도 없는 건조한 목소리였다. 별일이 생길 게 없는 사진 동아리였다.

"그게…. 이번에 동아리 회원 15명 안 되는 동아리 다 방 빼래요. 헐~ 이거 본부의 갑질 아닐까요?"

카메라 먼지 청소를 불어내던 뽁뽁이가 한숨이라도 쉬듯 푸시시 공기를 뱉어냈다.

러운이 속한 사진 동아리 Third Eye의 현재 회원은 5명. 물론 이런 말을 하면 꼰대 소리나 듣겠지만, 써드 아이에는 한때 회원이 복작복작해서 동아리방이 미어터져 나갈 것 같던 전성기가 있었다.

다만 현재는 스마트폰의 카메라 성능이 너무 좋아서 또는 유튜브에 카메라 스킬 영상이 넘쳐서 사진 동아리에 몰리는 관심이 급격히 줄어들었다. 아무리 폰 카메라 성능이 좋아도 폰일 뿐, 카메라에 댈 게 아닌데 그건 어디까지나 러운과 같은 소수의 의견일 뿐이다.

러운이 회장직을 맡은 Third Eye는 과거 몇 선배와 뜻이 맞아 만든 사진 동아리이다. 사실 그녀는 그냥 사진 찍는 게 좋아서 동아리를 만드는 선배들 무리에 어영부영 낀 게 맞았다. 동아리명 Third

Eye는 사람의 눈 2개 외에 카메라 렌즈라는 세 번째 눈으로 세상을 보라는 의미였다. 현재는 선배들이 모두 졸업해나가고, 절친 태하와 후배 현아, 그리고 들락날락하는 유령 회원 2명이 Third Eye를 지키고 있었다.

"태하야 어떡하면 좋아? 몇 명은 어떻게 해본다지만 15명은 하~ 무리다, 무리."

태하는 쥐어뜯느라 까치집이 된 러운의 머리를 쓱쓱 정리해주면서 대수롭지 않게 러운의 말을 받았다.

"뭐 이번 기회에 아예 방을 빼는 것도 나쁘지 않을 것 같은데?"

"뭐래~ 방 빼면? 여기 뭉개고 있어야 지원비가 얼마라도 나오지!"

투닥이는 러운과 태하를 바라보던 현아가 금세 입 끝을 모으고 다음 말을 쏟아낼 시동을 걸고 있었지만 둘은 그런 낌새를 눈치챌 여유가 전혀 없었다.

조금 더 눈치를 보던 현아가, 마치 본론은 이거라는 듯 슬그머니 이야기를 꺼냈다. 한 번 입이 터지자 점점 신이 오르는 건 덤이었다.

"언니~ 제가 그래서 아이디어 하나를 생각해봤거든요"

그 소리에 태하는 심드렁했고 러운은 두 눈을 크게 뜨고 반색하며 기대의 눈빛으로 현아에게 집중했다.

"음… 인물을 하나 스카우트하면 나머지 인원은 쉽게 맞춰질 것 같아요"

"인물? 그럴만한 사람이 있어?"

"그게 언니도 알려나? 이번에 경영대에 복학한 오빠가 있는데, 별명이 '경영남신'이에요. 이 오빠만 영입하면 여자 회원들 10명쯤은 그냥 따라온다고 보면 돼요"

"경영남시~이인? 그런 존재가 있단 것도 놀랍지만, 그런 사람이 뭐가 아쉬워 우리 동아리에 들어오겠어?"

"다행인 건 그 오빠도 사진을 찍거든요. 디지털은 아니고 아날로그이긴 한데, 사정 얘기하고 부탁하면 동아리에 적 정도는 둘 수 있지 않을까요?"

현아의 얘기는 그러니까 경영남신이라는 남학우를 미끼로 쓰자는 얘기였다. 할 수만 있다면 해볼 만한 도전이었다.

그래서 지금 이 상황이었다. 러운은 지금 1시간째 경영남신을 기다리고 있었다. 과연 10여 명의 회원을 끌어올 낯짝을 가졌는지 매우 궁금해하면서. 현아는 여학우 10명을 장담하면서도 그녀에게 그 흔한 연락처 하나, 이름 하나 알려주지 않았다. 가보면 안다고, 보기만 해도 얼굴에 빛이 날 것이라며 호언장담하는 것이 우스웠지만 동아리방을 지키기 위해선 작두 위에서 춤이라도 춰야 할 판이었다.

기다림에 지친 러운은 경영대 필수 전공 강의실 앞에서 경영남신을 소환하기로 했다.

"경영남신님 어디 계시나요?"

끝없이 쏟아져 나오는 학우들을 보며 자신의 학교에 이렇게 큰 강의실이 있나 놀라운 마음은 이미 한쪽으로 밀어둔 채였다. 급작스러운 외침에 사람들이 발걸음을 멈추고 러운을 주목했고 다음 순간 사람들이 홍해처럼 갈라지는 기적을 눈앞에서 보았다.

그 너머에 한 남자가 보였다. 이제 막 강의실을 빠져나오고 있던 키 큰 남학생이 시선의 끝에 있었다. 뭐 솔직히 그에게서 빛이 나긴 했다. 대학교 가면 멋진 선배 오빠 있다고 채찍질하던 고3 담임의 말이 말짱 거짓은 아니었다. 주위를 둘러싼 아우라 때문인지 러운은 그가 신성하게까지 느껴졌다. 우리 동아리를 구제해주실 분!

침이 꿀꺽 넘어갔다. 저 남자만 잡으면 동아리방을 지킬 수 있단 믿음에 러운은 의욕이 불타올랐다. 남자 앞으로 뚜벅뚜벅 걸어간 러운은 그 남자를 향해 조심히 입을 열었다.

"혹시 그쪽이 경영남신?"

비록 자신이 직접 지은 별명은 아니라 하더라도 눈앞에서 이런 소릴 들으면 당황하거나 어쩔 줄을 몰라 해야 하는데, 상대방은 표정 변화가 없었다. 항마력이 대단하군. 주위에서 두런거리는 소리와 킥킥 웃음을 참는 소리로 작은 소란이 일었다. 무슨 고백 현장에라도 있다고 오해하는 모양이었다.

"안녕하세요? 사진 동아리 Third Eye 회장, 성스러운이에요. 잠깐 시간을 내주신다면 동아리 스카우트 제안에 대해 이야기를 나누고 싶습니다."

최대한 공손한 말투와 몸놀림에도 상대방의 얼굴은 어째 이전보다 조금 더 서늘해졌다. 그녀 역시 처음부터 일이 호락호락하진 않을 거로 생각했지만, 바늘 하나 안 들어갈 것 같은 표정을 보자 조금 당황이 됐다. 어떤 식으로 접근해야 할까 고민하고 있을 때 상대가 입을 열었다.

"성스러운씨, 반갑습니다."

비소가 묻은 입가가 슬쩍 위로 올라갔고, 다음 순간 그의 손에 걸려 있던 카메라가 쓱 위로 끌어 올려졌다. 아침에 보았던 그 카메라였다. 실수로 떨어트리고 사과의 말 한마디 내뱉지 못한 채 작별했던 카메라. 카메라로 향했던 러운의 눈이 슬그머니 다시 그를 향했을 때 눈앞의 미천한 것을 두고 놀 기대가 만만한 표정의 남자가 눈안 가득 들어왔다.

질서를 지키며 돌아가는 세상을 사랑한다. 분침이 한 바퀴를 돌면 시침이 한 칸을 이동하고, 엘리베이터는 눌러진 층에서만 멈추고 조별 과제에 무임 승차한 조원들은 발표 PT에 이름이 빠지는 것. 질서 있는 모습은 언제나 아름다운 풍경이었다. 어쩌면 이런 아름다움의 미학은 이과생들이 오일러의 법칙을 보면 마음이 평안해지며 뇌파가 느슨한 것과 비슷한 원리일 것이다.

이런 성스러운의 삶에 나타난 '이신'이란 남자가 난입했다. 아니 '난입'이란 말은 어폐가 있다. 사실 이신은 그저 러운의 초대에 응한 것뿐이었다. 그런데 그 수락이 미심쩍어 그녀는 내내 찜찜한 기운을 털어버릴 수가 없었다. 처음 만난 날 실수로 그의 카메라를 바닥에 내동댕이친 것을 알았을 땐 이미 계획은 물 건너갔음을 눈치챘다. 얼른 돌아가 동아리 짐을 챙겨 방부터 빼는 게 나을 것이라는 예상은 보기 좋게 깨졌다.

이신을 처음 만난 그날, 러운은 채근을 하는 그에게 동아리 사정을 설명했다. 설명이 끝나자 그는 대뜸 동아리에 가입하겠다고 선언했다. 필요하다면 러운은 그의 앞에서 무릎이라도 꿇 용의가 있었다. 물론 자신의 무릎과 연골을 소중했지만 못 꿇을 것도 없다고 생각했던 게 무색할 지경이었다.

이신은 예상과 달리 아무것도 요구하지 않았다. 소설이나 영화 속 상대가 주인공에게 도에 넘치는 요구를 하는 경우가 얼마나 많던가?

그런데 오히려 아무 요구가 없자 마음이 더 불편해졌다.

그 초조한 마음이 꼭 주황색 교통신호 같았다. 러운은 평소 운전을 할 때 교차로를 지나면 마음이 콩닥콩닥한다. 뻔히 머리 위의 초록 신호를 보고 전진을 하면서도 자신이 교차로를 지나는 순간 주황색 신호로 바뀔지 모른다는 상상이 이상하게 마음을 옥죄었다. 교차로에 속도와 신호 위반 카메라가 있다면 더 그랬다. 그 정도로는 카메라에 찍히지 않는다는 걸 알면서도 매번 그녀는 불안해하고 초조해했다. 이신이 딱 자신을 그렇게 만들었다. 가도 되는지 멈춰야 하는지 좀처럼 종잡을 수 없게 하는 구석이 있달까?

그와의 관계가 좀 더 명확해진 건 동아리 환영회에서였다. 현아의 예상은 100% 들어맞았다. 이신의 동아리 가입 후 신규회원이 눈에 띄게 늘어났고, 동아리방을 지켜낼 수 있었다. 그에게만 의지하는 게 은근 자존심이 상해 러운과 태하 역시 중앙도서관 앞에서 열띤 홍보 활동을 하긴 했지만. 그 덕택에 Third Eye는 오랜만에 떠들썩한 분위기 속에서 환영회를 하게 되었다. 회장인 러운 역시 잘해보고 싶은 욕심이 풍선처럼 부풀어 올라 손발이 간질간질해졌다. 환영회 장소는 학교 앞 저렴한 호프집이었다.

새로 들어온 남자 후배 하나가 스러운에게 느릿느릿 말을 건넸다.

술자리가 시작한 지 얼마 되지 않았는데, 벌써 말끝이 늘어지는 것이 상대는 술이 약한 것 같았다.

"러운누나~ 제가요~ 사실 카메라 이런 거 하나도 몰라요. 그래서 카메라를 하나 장만해볼까 하는데, 같이 좀 알아봐 주세요."

"그럼요. 제가 아는 한도에서 열심히 알려드릴게요. 처음엔 부담스럽지 않은 기종으로 시작하는 게 좋아요."

"누나~ 약속했어요. 꼭 같이 봐주세요. 가능하시면 저 누나를 모델로…"

후배의 말이 끝나기도 전에 옆자리의 후배 하나가 떠들썩하게 말을 보탰다.

"선배님~ 저희 출사도 나가죠? 다른 데 보면 모델분 초대해서 출사도 가고 하던데…"

"회원님들이 원하면 한 번 추진해볼게요. 근데 꼭 모델 출사 아니어도 찍을 거리가 많고 실제로 그런 과정에서 더 배우는 게 많을 거예요."

"아~ 그럼 김새는데…. 그래도 '회원들이 원하면'이라고 하셨으니까 잘 부탁드립니다."

곤혹스러운 러운이 어색한 미소를 지으며 시선을 돌리다 건너 테이블의 이신과 눈이 마주쳤다.

그 얼굴이 묘하게 불쾌해 보였다. 그녀는 잠시 자신이 뭘 잘못했는지 짚어 보았으나 마땅히 떠오르는 게 없었다. 자기도 모르게 고개가 갸우뚱해졌다. 이신이 있는 테이블엔 눈에 띌 정도로 여자 회원들이 많았다.

이신은 별말이 없는 것 같은데, 분위기는 떠들썩해 그 테이블이 오늘의 주인공임을 알려주었다. 러운은 사실 환영회가 열린 후 아직 이신과 말 한마디 나눠보지 못했기에 그가 왜 저런 뚱한 표정인지 살짝 어이가 없었다.

잠시 후 테이블에서 일어나 호프집 밖으로 나가는 이신을 본 러운은 조심히 그를 따라나섰다. 뒤에서 태하가 그녀를 바라보고 있단 사실은 모른 채. 바로 따라 나왔다고 생각했는데, 이신이 감쪽같이 사라졌다. 편의점에라도 갔나 싶어 두리번거리던 러운의 눈에 골목 안 사람의 그림자가 보였다. 그를 향해 살그머니 다가가 벽에 몸을 기댔다.

"술자리 괜찮아요?"

"네… 뭐…"

"실수였지만 카메라 떨어트린 것도 그냥 넘어가 주시고 또 동아리도 가입해주셨는데 제대로 감사 인사를 못 드린 것 같아요. 정말 감사합니다."

스러운이 벽에서 몸을 뗄 때 90도로 배꼽 인사를 했다. 그가 맘에 쏙 드는 것은 아니었지만, 감사한 마음은 진심이었다.

"혹시라도 제 도움이 필요하신 부분이 있다면 언제든 도와드리고 싶어요."

"성스러운 씨는 뭘 숨기고 있을까요?"

자신의 공손한 자신의 태도는 안중에도 없는지 이신이 하는 얘기가 뜬금없었다.

"네? 무슨 말씀이신지 모르겠는데요."

잠깐 스러운을 건너다보던 이신이 한 발짝을 내디뎠을 뿐인데, 그와의 거리가 급격하게 줄어들었다. 그의 숨결이 그녀의 이마에 닿을 지경이었다. 퍼스널 스페이스를 고려치 않은 무례한 행동에 러운이 눈을 치켜들어 그를 쏘아보았다.

"뭐예요, 지금?"

그가 손을 뻗어 러운의 턱을 잡더니 그대로 시선을 그녀에게 고정했다. 아직은 밤바람이 찬 3월의 밤, 턱에 닿아오는 그의 손에서 온기가 그대로 전해졌다. 이신은 러운과 눈을 마주친 채 한참을 있었다. 마치 그녀의 눈 속에서 뭔가를 찾아내려는 듯이 샅샅이 훑는 집요한 시선이었다.

더는 견딜 수 없다고 생각할 때 러운이 고개를 돌려 그의 손을 털어냈다. 눈을 세모나게 뜨고 거친 말을 내뱉으려 할 때 언제 그랬 냐는 듯 이신이 표정을 풀고 입을 열었다.

"러운아~ 맠놔. 우리 동갑이니까 친구 하자."

그가 배시시 눈웃음까지 치자 러운은 경악할 수밖에 없었다. 저거 미친놈 아니냐?

기회를 보고 있기라도 했던 것처럼 그 뒤로 이신은 수시로 스러 운에게 비비적거렸다. 오늘도 그녀는 여유 시간을 동아리 방에서 보 내고 있었다. 어렵사리 지켜낸 동아리방인지라 더욱 열심히 사용해 야 본전을 뽑을 것 같은 마음 때문이었다.

동아리방 사수의 일등 공신은 오늘도 스러운의 뽁뽁이와 카메라 를 가져가 먼지를 청소하기 시작했다. 이 일도 여러 번 반복된 것이 라 그녀도 빼앗아가는 이신을 내버려 두었다. 동아리방의 한편에선 부쩍 많아진 회원들이 요란하게 이야기를 나누고 있었다.

"와~ 대박! 이 사진 정말 예술! SNS 올리면 대박 날 것 같은데?"

"그러게…. 이런 사진은 도대체 어떻게 찍는 거야?"

스러운이 슬쩍 책상 위의 패드 화면을 훔쳐봤다. 패드 속 사진은 여러 장의 야경 사진을 찍어 합성한 결과물이었다. 별의 궤적이 담 긴 사진으로 확실히 이쁘긴 했다. 궤적이 뚜렷하고 세밀한 것으로 보아 촬영자가 상당한 공을 기울인 표가 났다.

　이런 사진은 방법이 조금 생소할 뿐, 장노출☺로 한 컷에 찍을 수도 있는 사진이었다. 그런데도 요즘은 좀 더 편하고 또 극적인 사진을 위해 포토샵이나 라이트룸 등을 적극적으로 활용한 사진들이 눈에 띄게 많아졌다. 어느새 사진을 찍는다는 것은 간단한 색 보정은 물론 합성과 같은 후보정 작업까지 포함하게 되었다.

　스러운이 잠깐 혼자만의 생각을 이어갈 때 이야기가 조금 다른 방향으로 선회하고 있었다.

　"셔터를 아끼지 않고 누르는 디지털카메라, 결국 '좋은 사진 한 장만 걸려봐라.'라는 마음과 뭐가 달라? 꼭 립싱크하는 가수 같네."

　언제 왔는지 이신도 패드 속의 사진을 톡톡 두들기며 후배가 찬양하다시피 하는 사진을 까고 있었다.

　"선배님, 그래도 아날로그 카메라는 너무 어렵다고요"

　"맞아요. 거기에 요즘은 이런 게 먹히죠. 감성 사진!"

　우는소리를 하며 녀석들이 시대의 흐름을 강조하자 이신이 더욱 기세등등해져 목소리를 높였다.

☺ 렌즈 조리개를 오래 열어 충분한 빛을 모은 후 사진을 찍는 촬영 방식

"감성? 감성? 디지털에 감성이 어딨어? 이게 찍은 사진이냐? 만든 사진이지."

그러고 보니 만남 첫날 스러운이 내팽개친 그의 카메라 역시 아날로그 카메라였다. 그녀는 동아리 방 가운데 걸린 포스터로 눈길을 돌렸다. 카르티에 브레송의 '찰나의 순간'이 실린 포스터엔 그의 명언이 함께 있었다. 결정적 순간은 오랜 기다림 끝에 온다는.

괜히 감성을 꺼냈다가 본전도 못 찾은 남자 후배들이 스러운에게 구조의 눈길을 보냈다. 비록 디지털카메라를 들긴 하지만 아날로그에는 디지털이 구현할 수 없는 감성이 있단 얘기엔 그녀도 동의하는 바였다.

"이신! 괜히 너 필름 카메라 쓴다고 애들 기죽이지마라!"
스러운의 일갈에 이신이 기합이라도 들어간 것처럼 자세를 바로 했다.
"그럴 거면 아날로그 카메라는 왜 들어? 옛날처럼 아예 소구루마 타고 다니고 산만한 카메라맨 채 모델보고 한 3시간씩 서 있으라고 해보지."

이신을 나무라는 마음은 없었지만, 확실히 자신이 유리한 분야에서만 문명의 이기를 선택적으로 이용하는 건 조금 얄미웠다.

"역시 회장님다운 예리한 지적이시군요 디지털에 감성을 담는 것이 너희들의 과제라고 해두자."

마치 꼰대처럼 뒷짐을 진 이신이 몸을 돌려 스러운을 향했다. 그리곤 익살맞은 표정으로 한 번만 봐달라는 식으로 손을 싹싹 비볐다.

'경영남신'이라는 별명처럼 확실히 뛰어난 비주얼은 자주 보면서 적응이 되어 가는 중이었지만, 저렇게 자신을 향해 곰살맞게 구는 모습은 영 적응이 되지 않았다. 아니 솔직히 심장에 조금 해로웠다. 자신만 특별대우하는 것 같아서 또 생김과 너무 다른 의외의 모습이 자꾸 귀엽게 보여서 적응하기는 쉽지 않을 것 같았다.

계속 저런 식이라면 정말 자신을 좋아하는 게 아닌지 착각이라도 할 것 같았다. 그런 점이 스러운은 살짝 두려웠다. 이런 마음은 자신에게 과분하다. 어떤 노력을 기울이지도 않은 채 행운처럼 이런 애정으로 착각할 수 있는 마음을 받아도 되는지 그녀는 자신할 수 없었다.

더불어 그 마음이 썰물처럼 빠져나갈 때를 떠올리지 않을 수 없었다. 아예 그런 감정을 모르던 것과 알고 난 뒤에 빼앗기는 건 별개의 문제니까. 그녀는 이신의 무엇이 이렇게 스러운의 일상을 파고

들어 작은 온기를 틔웠는지 궁금해졌다.

　스러운은 이번에 야심 차게 모델 출사를 계획했다. Third Eye의 첫 번째 모델 출사였다. 사진 동아리라는 특성상 정기출사 외에도 수시로 출사를 나가야 동아리원들에게 불만이 나오지 않는 법이다.
　사실 셔터를 많이 눌러볼수록 사진 이론을 직접 몸으로 익히기도 좋고, 자신만의 테크닉도 생겨나기에 그녀 역시 이론 수업보단 출사를 권장하는 편이기도 하고

　"러운아~ 이번 모델 섭외 어떻게 한 거야? 모델 출사도 처음이면서."
　태하가 혹시 스러운이 무리라도 했을까 봐 염려 담긴 질문을 던졌다.
　"그게 뭐랄까? 운이 좋았어!"

　스러운이 목덜미를 긁적이며 모델 섭외의 과정을 짧게 설명했다. 모델 출사를 계획하고는 있었지만 처음 도전하는 일은 어디서부터 시작해야 할지 막막했다. 어지러운 심사를 정리할 겸 이리저리 인별 그램을 보다 이쪽에선 꽤 인지도가 있는 모델이 재능기부로 출사에 동행해주겠다는 스토리를 보았다.

혹시나 하는 마음에 DM을 보냈는데, 모델로부터 승낙의 의사를 받은 것이다. 정말 생각지도 못한 곳에서 풀려버린 모델 출사였다. 시작이 좋았다.

"남자 회원들 모델 출사로 오늘 완전 신들 나겠다."

그간 풍경을 담는 출사는 여러 번 있었다. 그 안에 인물이 있을 때 풍경 사진 또한 더 빛나는 것이 사실이었기에 그때마다 어쩔 수 없이 여자 회원들이 카메라를 잠시 내려두고 사진에 동원되었다. 그 점이 스러운은 매번 미안했다. 또 그런 상황들 덕분에 회원들 간에 염문이 피어오른다는 사실도 알아서 마음이 묘해지기도 했다.

사람들은 모두 하고 싶은 이야기가 있고 그것을 자신이 가장 좋아하고 잘하는 방법으로 표현한다. 그런 점에서 사진이 스러운에겐 자신만의 방법이고 동아리 회원들도 비슷할 거로 생각했다. 하지만 현실은 조금 달랐다.

여자들에게 예쁜 사진을 찍어주겠다며 작업을 위해 사진 동아리에 가입하는 남자 회원들. 그리고 그런 카메라 앞에서 자세를 취하며 그저 인생샷을 건지려는 여자 회원들. 모두 씁쓸하긴 마찬가지였다. 이건 사진 동아리인지 짝짓기 프로그램인지 헷갈렸다.

그런데도 러운은 아직은 Third Eye에 대한 애정이 컸기에 조금 더 노력해보기로 했다. 이번 모델 출사 역시 그런 노력의 일환이었다. 과거 힘든 시간을 보낼 때 사진이 스러운에게 큰 위로가 됐으니까 누군가에게 그런 선물 같은 시간을 선물해주고 싶었다.

모델 출사를 준비하는 과정에 의외로 많은 신경을 썼든지 이동하는 길지 않은 시간에 깜빡 잠이 들었던 모양이다. 수면 상태에서 현실로 돌아오는 즈음 소곤소곤한 소리가 귀를 간지럽혔다.

"이야~ 러운 누나 속눈썹 긴 거 봐봐."

"아 존나 설레네. ㅋㅋ"

남자 회원들이 농담을 나누며 키득거렸다. 바로 눈을 떴으면 되는데, 타이밍이 어중간했다.

이젠 정말 눈을 떠야겠다고 생각할 때 즈음 회원들의 대화가 방향을 달리했다.

"근데 너 그거 들었냐?"

"뭐? 뭔데? 새끼 년 어디서 소문도 잘 물어오더라."

"러운 누나가 보이는 거랑 다르게…"

그때 조금 더 낮은 목소리가 끼어들었다.

"자는 사람 보고 뭐 하는 거야? 그럴 시간에 가서 셔터 한 번 더 눌러!"

잠시 후 후다닥 후배들이 사라지는 소리가 들리고 사위가 조용해졌다.

찰칵!

사실 출사 중에 회원들끼리 자유롭게 스냅샷을 찍어서 공유하는 경우는 흔했다. 혹시라도 자는 자신을 누가 찍은 건가 싶어서 슬그머니 눈을 떴다. 사진 찍은 사람을 알아볼 요량이었는데, 언제 사라졌는지 주위엔 아무도 없었다. 다행히도 도착한 지 얼마 되지 않아 회원들은 카메라를 점검하고 모델과 이야기를 나누며 워밍업을 하고 있었다.

"나왔네?"

카메라를 살펴보던 태하가 은근슬쩍 스러운에게 기대오며 알은척을 했다. 그녀의 눈길은 슬쩍 이신을 찾았다.

"넌 사람을 깨우지~ 무안하게 뭐야?"

"준비한다고 고생 많았잖아. 오늘 지휘는 내가 할게. 애들 물 만났다! 뭐라고 할 것도 없이 모델 찍는다고 신났어."

"사진이 목적은 맞고?"

저 멀리 모델을 주위로 남자 후배들이 바글바글한 것이 이 외출의 목적이 출사만은 아닌 게 분명해 보였다.

그리고 또 한 무리의 사람들.

"신이 오빠~ 저희 사진 좀 찍어주세요"

"선배~ 저랑 같이 사진 안 찍으실래요?"

얼씨구~ 절씨구~ 아나나 다를까? 오늘따라 한껏 힘을 준 여자 회원들은 이신에게 달라붙어 있었다. 저럴 걸 예상했음에도 보는 눈이 불편한 건 사실이었다. 참자, 참자.

"회원님들!!!"

스러운은 사자후로 소란을 멈추고 태하와 함께 후배들을 데리고 별빛공원 대표 포인트 몇 군데를 돌았다. 날씨가 최상의 상태는 아니었지만, 오늘의 모델 출사로 문제는 없어 보였다.

"네~ 모델분, 몸은 옆을 보고 고개만 살짝 바라봐주실래요? 네~ 네~ 좋습니다."

일제히 셔터 소리가 들리는가 하면 바로 LCD로 결과물을 확인하고 또 셔터를 누르는 일의 반복이었다. 조금씩 장소를 바꿔가며 사진을 담는 일에 모두 몰두했다.

"우와! 저거 뭉게구름 아니에요?"

누군가 외친 소리에 회원들 모두가 고개를 돌려 손끝이 가리키는 쪽을 올려다보았다. 거기엔 어디서 나타났는지 모를 하얀 뭉게구름이 둥실둥실 떠 있었다. 그 모습을 보고 후배 현아가 말을 보탰다.

"근데 그거 알아요? 러운언니랑 출사 나오면 날씨가 매번 좋았던 거?"

"맞네, 맞아! 날씨요정이야 뭐야? 앞으로 무슨 일 있으면 러운언니 접지를 받아야겠어!"

그랬던가? 스러운 역시 과거 일들을 더듬어 보았다. 올해 출사를 나갈 적마다 날씨가 꽤 좋았던 것 같고, 적어도 급작스러운 일기 변화로 출사를 망친 적이 없는 건 확실했다.

한 게 없어도 기분 좋은 정의였다. 날씨요정이라니? 잠시 후 회원들은 다시 모델 사진 찍는 것으로 관심이 돌아갔다. 그게 기꺼워 그녀는 태하에게 잠시 무리를 맡기고 혼자 조용히 사진을 찍기로 했다.

도심을 조금 벗어났을 뿐인데도 별빛공원은 자연의 모습을 곱게 담을 수 있는 곳이었다. 게다가 운이 좋게도 오늘은 이상하리만치 공원에 사람이 적었다. 때론 광각으로 때론 망원으로 여러 사진을 찍고 있을 때였다. 몰입한 그녀의 귀에 조용한 발걸음 소리가 들렸다.

"혼자서 사진 잘 찍고 있네?"

귀에 익은 목소리에 고개를 들어보니 동아리 인원들은 시야에 보이지 않고, 언제 나타났는지 모를 이신만 있었다.

"너 왜 여기 있어?"
"날씨가 좀 밋밋하지 않나 싶어서."
스라운은 무슨 소린가 싶어 고개를 돌려 주변을 살폈지만 평범하기 그지없는 날씨였다. 그런 그녀 옆에 이신이 털썩 주저앉더니 옆에 앉으라는 듯 바닥을 팡팡 두들겼다.

그녀가 옆에 앉자 이신이 손가락을 들더니 마치 줄다리기라도 하는 것처럼 옆에서 뭔가를 끌어오는 시늉을 했다. 그러자 잠시 후 모두의 시선을 사로잡았던 뭉게구름이 둘이 앉은 앞쪽으로 바람에 실려 살포시 날아왔다. 기가 막힌 우연에 그녀가 솜사탕처럼 단 웃음을 터뜨렸다. 그런 스라운을 흐뭇하게 지켜보던 그는 이내 손가락을 휘저으며 해리포터 흉내를 냈다.

"라비포르스!"
그가 정체를 알 수 없는 주문과 함께 파란 하늘을 향해 손을 휘저었다. 그 손놀림은 오케스트라를 지휘라도 하는 것처럼 유려했다.
그때 하늘에 있던 하얀 구름이 슬금슬금 모이더니 모양을 갖추기 시작했다. 잠시 후 구름은 신기하게도 토끼 모양을 만들었다.

"대박! 이거 어떻게 한 거야?"

스러운은 구름과 이신을 번갈아 쳐다봤다. 그는 그저 뜻을 모를 미소만 짓고 있을 뿐 눈앞의 일에 대해선 말해줄 의사가 없어 보였다.

"항상 겁부터 집어먹고 도망가는 누가 생각나서."

다시 고개를 돌려 하늘을 보았다. 구름으로 만들어진, 눈이 부시도록 새하얀 토끼는 귀를 찡긋 접어 보이더니 깡충깡충 뛰어 사라졌다. 스러운은 마치 잠깐 눈을 뜬 채 꿈을 꾼 것 같았다.

어쩌다 보니 스터디룸 안엔 성스러운 뿐이었다. 역시나 초반부터 망삘이던 이번 조별 과제는 오늘을 기점으로 확실히 망하는 노선을 탔다.

사회에선 개인의 뛰어난 능력도 중요하지만 그만큼 동료와의 협동으로 인한 동료애가 중요하단 교수님의 의견에 백 번 공감한다. 그러나 하지만 그런 동료애를 백 번에 한 번 피어오를 법한 드문 감정이다.

나머지 아흔아홉의 공동작업은 증오나 해탈이란 감정을 양산했다. 어차피 수년 내에 겪게 될 일이라지만 굳이 인간의 이기심을 미리 경험할 필요가 있을까?

조별 과제의 좋은 의도와 무관하게 인간종 자체에 대한 회의를 들게 했다. 차라리 솔직하게 뻔뻔한 속내를 드러내기라도 하면 미리부터 마음을 접었을 것이다.

그런데 신기한 건 이번 멤버들이 한결같이 카톡에선 지극히 정상인의 면모를 보이면서 오프라인에선 광인의 모습으로 탈바꿈한다는 것이었다.

분명 오늘 함께 모여 조사한 것을 취합하고 수정해서 PPT 초안을 작성할 예정이었는데, 모두 잠적했다. 이건 공동 프로젝트가 아니었고 잠수함이었다.

지금껏 이런 일이 반복될 때마다 들이미는 이유도 가지각색이었지만, 다 부질없는 짓이었다. 더 절망적인 것은 이 교양과목의 교수는 그놈의 동료애를 너무 중요시했다. 그들의 이름을 뺏다간 B 이상의 점수를 기대하기 어렵다는 게 아킬레스건이었다.

너 잘되는 꼴 못 보니 같이 터지자거나 잔 다르크처럼 모든 희생을 감수하고 혼자 이끌어 가든지 둘 중 하나였다.

교수는 아마도 사회성이 모자란 동료들을 이끌어 공동의 목표를 달성해보라는 고상한 목적이었을지도 몰랐다. 그러나 문제의 피해를 고스란히 뒤집어서 쓰게 된 스라운은 하나의 다짐을 하기에 이르렀다. 사회에 나가면 굳이 그들을 다 끌고 가느니 조직에서 힘을 가져

그들을 모두 잘라 버리겠다는 다짐을. 그런 상상에도 화가 사그라지지 않아 쏟아지는 콧김이 다 뜨거웠다.

그때 뒤에서 뻗어 나온 손이 스러운 앞에 잔 하나를 올려놓았다. 깜짝 놀란 그녀가 고개를 돌려 뒤를 돌아보자 입꼬리를 끌어 올려 웃고 있는 이신이였다.

"뭔데, 이거?"

"너 당 떨어졌을 것 같아서."

캡을 벗겨낸 잔을 들어 스러운은 냄새를 킁킁 맡았다. 냄새만으로도 머릿속에서 화려한 폭죽이 터지는 것 같았다.

"아니… 이거 없는 레시피잖아?"

익숙한 컵은 분명 그녀의 단골 매장 제품이지만, 그 안에 담긴 음료는 분명 메뉴판에 없는 거였다. 일명 슈렉 프라푸치노. 그

린티 프라푸치노 벤티 사이즈에 샷을 추가하고 자바칩 절반을 갈아 넣는다. 그리고 휘핑크림, 엑스트라 휩에 초코 드리즐까지 올리면 완성! 일명 악마의 음료라고 불릴 정도로 한 잔의 열량은 900kcal에 육박한다.

커피숍 order에서 이 복잡한 레시피를 읊고 있는 이신이 상상이 잘되지 않았다. 생긴 건 얼죽아☺처럼 생겨서 말이다.

☺ 얼어 죽어도 아이스 아메리카노를 고집하는 사람들

"난 기분 안 좋을 때 이거 먹으면 풀리던데, 넌 안 그래?

스러운은 대답 대신 슈렉 프라푸치노를 한 입 크게 마셨다. 식도를 넘어가 몸의 말단으로 순식간에 뻗어나가는 당의 움직임이 눈앞에 보이는 것 같았다. 아주 짧은 순간이나마 교수님의 조별 모임 순기능에 공감할 뻔하자 정신 차리라고 잽싸게 뺨을 한 대 쳤다.

깜짝 놀라 쳐다보는 이신을 향해 뒤늦은 대답을 건넸다.

"사실 나도 그래."

괜히 웃음이 비실비실 새어 나왔다. 눈앞의 이신에겐 조금 멋쩍은 일이었다. 꼭 필요할 때 자신 눈앞에 나타난, 기호가 같은 사람이 큰 위로가 됐다.

요즘 그녀는 이런 모든 일이 꿈처럼 느껴졌다. 이신은, 마치 어디 숨어 있다 나타난 것처럼 기막힌 타이밍에 자신의 비밀 메뉴까지 들고 나타났다. 의문투성이였지만, 스러운은 이건 모두 기분 좋은 우연이라고 믿고 싶었다.

그를 만나고 이런 작고 큰 신기한 일들이 연이어 일어났다. 얼른 끝나길 바라는 지루한 강의 시간의 막바지, 이신에게서 문자가 왔다.

<비 오는데 우산 없음 ㅠ 우산 씌워줘요>

비는 무슨? 강의실에 들어설 때만 해도 해가 쨍쨍했는데 또 헛소리하네. 터무니없다는 콧방귀를 끼며 강의실 창밖을 살피자 금방 소나기가 쏴 쏟아지기 시작했다. 분명 비 소식이 없었는데… 그런데 얘는 무슨 생각으로 나한테 우산을 찾지?

강의실을 나서자 건물 입구에 역시나 이신이 있었다. 그의 시선은 비가 쏟아지는 건물 너머를 향해 있었는데, 얼굴엔 묘한 감상이 실려 있었다. 그의 곁으로 슬쩍 다가간 스러운도 앞을 본 채 심상하게 입을 열었다.

"뭐가 좋아서 그런 표정이야?"
언제 왔냐는 듯 이신이 스러운을 향해 돌아선 그의 얼굴엔 아직 미소가 걸려 있었다.
"그냥 모든 게 다 조화로워서 참 보기 좋다."

비가 그친 후 녹음은 더 짙어질 것이고, 우물쭈물하던 꽃들은 서둘러 봉우리를 만개할 것이다. 벌써 자연이 뿜어내는 싱그러운 냄새가 코끝을 간질이는 것 같았다.
"이신, 내가 쓸데없는 문자 보내지 말라고 했지?"
눈은 그를 째려보는 것 같으면서도 그녀는 가방 안에서 우산을 꺼내 팡팡 떨며 먼지를 털어냈다. 혹시나 하고 들여다본 사물함에는 언제 넣어두었는지조차 모르는 우산이 있긴 했다.
"내가 잘못했어, 러운아~ 나 미워하지 말아 주라."

말이나 못 하면 얄밉지나 않을 텐데, 이신은 언제나 스러운의 지적을 가벼운 애교로 물리쳤다. 언제 벌어진 일인지 모르겠지만, 어느새 이신은 그녀의 등 뒤에 선 채 어깨에 얼굴을 올려두고 있었다.

"이제 우리 가볼까?"

그의 입김이 스러운의 귓불을 간질였다. 솜털이 잘게 떨리며 괜히 열이 올랐다. 그녀가 서둘러 빗속으로 발을 디뎠다.

"내가 들게."

스러운보다 머리 하나 이상이 큰 이신이 우산을 가져가며 자연스레 서로의 손가락이 얽혔다. 그의 손에서 옮아온 열기가 스러운의 몸으로 번져갔다. 그녀가 살짝 몸을 뒤로 뺐다.

갑자기 쏟아진 비에 학생들이 후다닥 뛰어 천천히 시야 너머로 사라졌다. 빗소리가 우산 주위를 감싸 주변의 소음은 차단되자 말 한마디 내뱉기가 조심스러웠다.

말에도 순도가 있다면 이런 분위기에서라면 자신의 말이 순도가 100%가 되어 그대로 상대에게 전해질 것 같았다. 괜히 말을 하고 싶어졌다. 왜 상대가 마음에 들어찰수록 마음속에 숨겨둔 말이 하고 싶어지는 걸까? 마음은 한정된 공간이라서 마음에 드는 상대가 그 속을 차지해버리면 숨겨둔 말이 밀려나기라도 하는 걸까?

마음속에 쌓인 말을 내뱉어 그를 향한 자신의 마음 앞에 당당해지고 싶었다.

　말하고 싶은 마음은 결국 두려움에 지고 말았다. 지금까지의 마음
은 유치하게도 '이래도 나를 여전히 좋아해 줄 거야?' 같은 시험하는
마음이었다. 입 안에 고인 말을 삼키며 스라운은 그를 대신한 말을
찾지 못했다. 이신도 말이 없었는데, 그게 스라운처럼 할 말을 찾지
못함인지 아니면 그녀의 말을 기다려주기 위한 것인지 알 수 없었
다.

　슬쩍 고개를 돌리자 우산을 든 팔에 살짝 근육이 도드라져 보였
다. 팔이 하얘서 그런지 핏줄도 더 파랗게 도드라져 보였다. 스라운
은 꿀꺽 침을 삼켰다. 홀린 듯 시선이 이제 이신의 얼굴로 향했다.
　자연스레 흘러내린 앞머리 사이로 언뜻 말간 이마가 보였다. 동양
인답지 않게 깊은 아이홀 안의 눈동자는 드물게도 색이 옅어 이국적
인 느낌이 있었다. 그 아래 틴트라도 바른 듯 붉은 입술은 하얀 종
이 위에 떨어진 빨간 물감 같았다. 아마도 발달한 턱선이 아니라면
상당히 미인에 가까운 얼굴로 보였을 것이다.

　경영남신이 틀린 말은 아니네. 익숙해졌다고 믿은 이신의 외모가
새삼 크게 다가왔다. 그때 이신이 고개가 스르륵 돌려 그녀를 바라
보더니 슬쩍 웃음을 참는듯한 표정으로 입을 열었다.

"왜? 내 얼굴이 네 취향인가 봐?"

넋 놓고 그의 얼굴을 감상한 것도 분명 오늘 밤 이불킥이 될만한 일인데, 그걸 고스란히 이신에게 들키다니! 부끄러운 마음에 표정 관리가 되지 않았다. 얼굴 거죽이 실시간으로 고목 껍질처럼 단단해지고 있었다.

그때 스러운은 빗속으로 뛰어들었다.

"러운아~ 뭐야? 같이 쓰고 가야지."

분명 뚝딱거리며 뛰어갈 게 뻔했지만, 그래도 스러운은 뒷걸음질을 치며 괜한 변명을 얘기했다.

"난 뛰어가면 금방이야."

흠씬 젖을 것이라 예상하고 포기하고 있었는데 허망하게 금방 빗줄기가 잦아들고 파란 하늘이 드러났다. 그야말로 날 도깨비 같은 날이었다. 그새 여기저기서 접어든 우산들이 빗물을 눈물처럼 흘려댔다. 건물의 끝에서도 똑똑 빗방울이 떨어졌다. 그 소리를 들으며 스러운은 자신의 마음을 조금 더 곱씹어 봤다.

스러운이 맞은 비는 잠깐이었는데 나약한 몸은 몸살감기에 걸리고 말았다. 운이 나빴다. 어쩌면 가슴에 맺힌, 정의되지 못한 감정을 소화하기 위한 과정 같기도 했다.

마침 때맞춰 걸려온 태하의 전화를 스러운은 조금 잠긴 목소리로 받았다. 그 목소리만으로도 걱정이 심한 태하는 자신이 그녀를 병간호해야 한다고 고집을 피웠다. 이런 몸살감기는 약 먹고 푹 자고 일어나면 괜찮다고 거의 일방적으로 전화를 끊고 그녀는 바로 잠이 들었다. 항상 동생 대하듯 자신을 챙기는 태하에게 고맙고 또 조금 불편하기도 한 채로.

그날 밤에는 열이 올라 괜히 태하를 오지 말라고 했다고 후회했다. 뒤늦게 그를 다시 부를까 갈등했던 기억도 떠올랐다. 한숨 자고 나면 나을 거라며 그녀는 스스로를 다독였다.

그렇게 이불 속에서 몸을 동글게 말고 깊은 잠에 빠졌다. 꿈속에 그녀는 불 속에서 누군가를 찾듯 헤매고 있었다. 검은 연기와 유독성 가스로 눈앞이 제대로 보이지 않았다. 의아한 건 뜨거움은 몸 밖이 아니라 스러운의 몸 내부에 있었다.

스러운이 침대에서 몸을 일으켰다. 밤새 그녀를 집어삼켰던 열기가 천천히 몸 안에서 빠져나갔다. 몸은 땀으로 질척였다. 욕실에서 나와 미리 준비해둔 뜨거운 쌍화탕을 마셨다. 진한 한약 향기는 질색이었건만, 따뜻하고 달콤한 맛에 그녀의 몸이 환호했다. 더불어 몸 끝에 남아있던 한기도 쑥 밀려 나가는 것 같았다.

그 시선 끝에 식탁 위에 놓인 약봉지와 죽이 보였다. 태하가 다녀간 모양이었다. 그런데 스러운의 기억엔 태하에게 현관문을 열어준 기억이 없었다. 언제 비밀번호를 가르쳐준 것 같지도 않았다.

그런데도 지난 밤 뜨거운 이마에 전해지던 시원한 손 온도는 선명했다. 그게 너무 좋아 자신도 모르게 그 손을 잡고 제 얼굴을 비비적거렸던 것도 같았다. 열이 오르더니 내가 미쳤었구나!

일단 진상부터 파악해 따질 건 따지고 사과할 건 사과해야겠다고 생각하며 폰을 들 때 태하로부터 문자가 들어왔다.

<러운아~ 괜찮아? 어제 목소리가 많이 안 좋던데?>

평소와 다름없는 반응이었다. 그도 당황스러울 텐데, 일부러 이 일을 다시 입에 올려야 할지 고민이 됐다.

<응. 나 다시 살아났어. 고마워 ㅠㅠ>

기다렸다는 듯 태하의 답장이 바로 왔다.

<정말? 안 그래도 교수님한테 붙잡혔다가 이제 풀려났어. 죽이라도 사갈까?>

스러운은 입안에 기계적으로 죽을 퍼 넣으며 생각했다. 이번 일은 덮고 간다고 그녀는 입 안에 남은 찝찝함도 꿀꺽 삼켜버렸다.

아직 몸살 기운이 미약하게 남은 몸으로 학교에 온 스러운은 의외의 소식을 접했다. 오전 수업이 무려 2개나 휴강이 되었단 소식이었다. 이런 일은 경험해 본 적도 들어본 적도 일이었지만, 분명 반가운 소식이었다. 역시 사람이 죽으란 법은 없는 모양이다.

　태하와 스라운의 출사 사전답사에 예정에 없던 이신이 동참을 하게 됐다. 그는 존재 자체만으로도 동아리에 큰 힘이 되어주었기에 이런 성가신 일에 힘을 뺄 필요가 없었다. 그런데도 그는 기대 이상으로 열심이었다.

　사전답사 장소는 바다에 있는 커피숍이었다. 커피숍 자체는 조금만 눈여겨보면 허술하게 지은 걸 금세 눈치챌 수 있지만 멀리서 보면 바다 위에 뜬 집처럼 운치가 있었다.
　특히나 일몰 때 장노출로 파도를 매끄럽게 담아주면 그 분위기가 여럿을 홀리고도 남았다. 덕분에 사진 찍는 사람들 위주로 알음알음 알려지는 곳이기도 했다.

　사진 찍는 사람이라면 하나같이 이율배반적인 욕구를 동시에 느낀다. 남들은 알지 못하는 나만의 촬영 포인트를 갖고 싶은 마음과 동시에 그런 곳을 누구보다 먼저 남들에게 알리고 싶은 마음이 그것이었다. 이곳에서 일몰만 잘 맞아떨어진다면 동아리 회원들 역시 이번 기회에 사진의 매력에 푹 빠지게 될 것이다.

미리 일몰 시각을 체크하고 왔음에도 그 시간을 기다리는 일은 조금 지루했다. 그래도 스라운은 왠지 오늘 좋은 일몰을 만날 것 같은 예감이 들었다.

서서히 물든 붉으면서 파랗고, 파라면서 보라색인 하늘이 해수면을 물들이기 시작했다. 그 일이 있기 전까진 모든 게 완벽했다.

예상대로 일몰은 다시 만나기 어려울 정도로 완벽했고 사진 촬영도 성공적이었다. 다만 현진건의 '운수 좋은 날'처럼 모든 게 너무 좋아서 불안함마저 알아채지 못한 날이었다.

촬영에 방해가 되지 않기 위해 무음으로 해놓은 폰이 윙윙거리며 반짝반짝 빛을 냈다. 평소 친하게 지내던 과 후배 현석의 전화였다. 전화를 받는 스라운을 이신이 흘끔 쳐다봤다.

"누나, 어디에요? 통화 가능하세요?"

"응, 현석아. 나 사진 찍으러 인천 왔어."

"누나, 내 말 오해 말고 들어. 그냥 소문이긴 한데, 누나도 알아둬야 할 것 같아서 말해주는 거야."

현석이 전한 소문은 전혀 상상하지 못한 내용이었다. 소문의 내용은 자신이 태하와 이신 사이에서 양다리를 걸치고 있단 거였다. 내용 자체보다 그 소문을 만들어낸 당사자가 더 충격이었다.

그는 현아가 그런 말을 하고 다닌다며 조심스럽게 말을 전했는데, 그 아이가 평소 자신을 잘 따랐기에 전해지는 충격이 더 컸다. 몸 안의 피가 차게 식으며 손끝으로 모두 빠져나가면 이런 기분일까? 곁에 선 태하도 신이도 바라볼 면목이 없었다. 괜히 자신의 행동 때문에 두 친구가 불쾌한 소문에 엮인 것 같았다.

그녀의 창백한 안색을 살피며 태하가 다가왔다.
"러운아~ 무슨 일이야? 혹시 안 좋은 전화야?"
"아니. 나 좀 피곤한데, 먼저 들어가 볼게. 미안해, 태하야. 신이도 잘 들어가. 미안."
그녀는 고개도 제대로 들지 못한 채 겨우 이야기 했다. 조금만 더 그 자리에 있다간 왈칵 눈물을 쏟을 것 같았다. 멀리서 이신이 미간을 구긴 채 떠나는 그녀를 말없이 쳐다보고 있었다.

예보에 없던 돌풍이 불고 비가 쏟아졌으며 천둥과 번개가 쳤다. 스러운은 차라리 잘 됐다고 생각했다. 지금껏 용케 평범한 일상을 흉내 냈다고 생각해왔다. 그동안 죄 없는 아이 둘의 삶을 망가뜨린 주제에 자신은 가당찮게도 일상의 행복을 누려왔다.

요란한 하늘이 그런 자신을 비웃고 나무라는 것 같았다. 그런 꾸짖음을 듣자 몸이 움츠러드는 것과 반대로 마음은 익숙함을 느끼고 편안해졌다.

어둠 속에서 스러운은 과거의 자신을 하나씩 곱씹어 보았다. 태하와는 신입생 OT에서부터 알게 되다 보니 알게 모르게 많이 붙어 다니긴 했다. 여러 차례 고백을 받는 것도 보았지만 태하는 매번 거절했다. 거절의 이유는 당연히 알지 못했다.

이신은 최근에 급속도로 친해졌지만, 결단코 둘 사이에서 어떤 오해를 불러일으킬 말과 행동을 한 적은 없었다. 둘 다 고마운 마음과는 별개로 스러운 자신에겐 황송한 상대가 분명했다.

한참을 울고 나자 뻔뻔하게도 허기가 찾아왔다. 그 허기가 텅 비어 버린 마음 때문인지 단순히 오랜 시간 물 한 모금 삼키지 않아서인지 모르겠지만, 분명히 어딘가 빈 게 틀림없었다.

마음은 몸을 해로운 것들로 채우라고 속삭였다. 스트레스가 쌓일 적마다 스러운이 시켜온 메뉴, 떡볶이 지옥맛.

배달원의 벨소리에 손에 배달 팁을 들고 부리나케 달려 나갔다. 상대를 보지도 않고 팁을 건네는데, 배달원은 돈을 받을 생각도 없는 듯 손조차 내밀지 않았다. 그제야 고개를 든 그녀는 화들짝 놀라

한 걸음 뒤로 물러설 정도였다.

"이신, 설마 네가 배달 온 거야?"

스러운과 눈빛이 마주치고서야 이신은 한껏 부끄러운 표정을 하며 입을 열었다.

"러운아~ 나 빗길이 미끄러워 넘어졌는데…"

그 말에 그녀의 눈이 빠르게 그의 전신을 훑었다. 정말 그의 말대로 어딘가 호되게 넘어졌는지 바지의 무릎 부분이 헤어지고 그 주위로 핏물이 동그랗게 배어 나오고 있었다. 보기만 해도 스러운은 자신의 무릎이 시큰한 기분이었다. 얼른 그를 집으로 들이고 구급함을 꺼내 달려왔다.

혹시 따가울까 조심스럽게 상처를 소독하고 있을 때 이신이 조심스럽게 입을 열었다.

"근데 넌 괜찮아? 아까 표정이 너무 안 좋았잖아."

그제야 스러운은 자신이 한참 울어 몰골이 엉망인 것을 깨달았다. 뭐가 괜찮냐고 물을 필요도 없었다. 당장 까지고 피가 나는 무릎을 한 사람은 자신이면서 이신은 그녀의 눈치를 보고 그녀의 마음부터 살피고 있었다.

"바보야? 무릎에서 이렇게 피를 흘리고 있으면서 그런 소리가 나오냐고?"

스라운은 연고가 묻은 면봉을 내려놓으며 웃어 보이기까지 했다. 하지만 눈물로 불어 터진 눈가가 제대로 미소 지을 리는 없었다.

"내 눈엔 네 상처가 열 배는 더 아파 보여. 널 위해 내가 뭘 해 줘야 할지 모르겠어."

그는 정말 어떻게 해야 하는지 모르는 것처럼 미간을 구긴 채 생각에 빠져 있었다. 뭔가 대단히 마음에 안 든다는 듯이. 화가 나면 눈이 커지는 사람이 있지만, 이신은 눈을 가늘게 접고 눈동자는 낮게 내리까는 편인 것 같았다. 스라운은 무릎걸음으로 그에게 조금 더 다가가 구겨진 미간을 살살 펴주었다.

성스라운은 자신이 고통에 익숙하고 무언가를 기다리는 것에도 익숙하다고 생각해왔다. 하지만 익숙하다고 해서 고통과 기다림이 힘들지 않은 것도 아니었다.

자꾸만 타이밍 좋게 자신의 앞에 나타나는 그에게 그녀는 기대고 싶은 마음이 짙어졌다. 지금껏 버텨온 마음이 한순간에 아주 무용해 졌다. 아무리 애써도 그의 앞에선 자꾸 몸에 힘이 빠졌다. 그에게 자신의 비밀을 꺼내놓고 그에게 한 발짝 더 다가가고 싶었다.

그런데도 그럴 수 없는 건 지금의 이 관계마저 잃을지 모르겠다는 두려움 때문이었다. 과연 자신의 모든 걸 내보여도 그가 여전히 자신을 믿고 아껴줄까 장담할 수 없었다. 아니 너에게 실망했다며 떠나간다 해도 스러운은 그를 잡을 수 없단 것을 알았다.

한겨울 양말도 없이 슬리퍼 앞으로 삐죽 튀어나온 발가락이 빨갛게 얼어 있었다. 요 며칠 집으로 가는 골목에서 몇 번 보았던 꼬마였는데, 오늘은 옆에 동생까지 달고 있었다.

두 아이는 추운 계절에 맞지 않는 얇은 외투를 걸치고 있었고 그 외투마저 땟국물이 줄줄 흘렀다. 사람의 인적이 드문 골목 안쪽에서 쭈그리고 앉아 떨고 있는 모습에 스러운의 발걸음이 멈췄다.

아이들을 안심시키는 것은 조심스러웠다. 도움을 주고 싶었지만, 자신을 믿고 내어주었던 무방비함이 또 다른 위험을 불러올 수도 있었다. 아이들과 한참 얘기를 나눈 후에야 쭈그려 앉은 아이들을 일으켜 세울 수 있었다. 의외로 아이들의 집은 바로 근처 반지하 집이었다.

"실례하겠습니다."
아무도 없을 아이들의 집 현관문을 열자 알루미늄으로 만들어진 문이 비명 같은 소음을 냈다. 실내로 들어섰지만 바람만 불지 않을 뿐 밖과 크게 다르지 않았다.

내부는 어두컴컴해 눈이 익숙해질 때까지 기다려야 했다. 아무렇
게나 쌓여 있는 이불, 한쪽을 가득 메운 쓰레기, 벽에 검게 올라온
곰팡이의 흔적. 아이들이 자랄 환경으로는 많이 부족해 보였다.

"꼬마야, 가스버너 있어? 언니가 끓여줄 테니까 일단 라면부터 먹
자."

몇 번 틱틱 소리만 내던 가스레인지는 제대로 불이 켜지지 않았
다. 집이 이런 상황이라면 아마 가스도 이미 끊겼을 거라고 스러운
은 짐작했다.

아이가 구석에서 용케 가스버너를 가져왔다. 그런데 라면이 한 개
밖에 없었다. 그나마 라면을 꺼낸다고 아이가 싱크대 문을 열자 문
짝이 뚝 떨어지며 발견한 라면이었다. 아무리 아이들이래도 라면 한
개는 아이들의 허기를 달래주기 턱없이 부족할 것이다.

가스버너에 물을 올린 스러운이 몸을 일으켰다.

"언니가 요 앞 편의점에 바로 가서 라면 더 사 올게. 절대 버너
만지지 말고 기다려. 알았지?"

기다리는 것이 자신들에게 더 유리한 것을 아는 것처럼 오누이가
고개를 주억거렸다. 집 앞의 편의점은 그야말로 지척이었다.

금방 돌아올 수 있을 거로 생각했다. 아르바이트 오빠의 통화가

끝나길 기다리면서도 금방 아이들의 배를 따뜻하게 데워줄 수 있을 거라고 상상했다. 그 어디에도 비극이 끼어들 틈은 없어 보였다.

그렇게 스러운이 라면 번들과 여러 잡다한 간식거리들을 잔뜩 담은 비닐봉지를 들고 편의점 문을 나설 때였다. 문이 열리며 새 지저귀는 소리가 울릴 때였다. 그게 신호라도 되는 것처럼 조금 전 그녀가 나섰던 반지하에서 폭발음이 터져 나왔다.

그 뒤의 기억은 희미했다. 금세 사람들이 몰려들었고 경찰들이 출동했으며 뒤늦게 사이렌 소리가 요란했다. 겨우 집으로 돌아간 스러운은 집에 도착하기가 무섭게 쓰러져 내리 3일을 앓았다. 깰 수 없이 끈적한 꿈속에선 켜져 있는 버너를 장난치는 남자아이가 보였고 폭발이 일어났다.

이후 아버지의 전근으로 자연스럽게 그곳을 떠나게 되었지만, 아무에게도 그날의 일을 이야기할 수 없었다. 미안함, 죄책감, 자신에 대한 분노 등이 성스러운을 삼켜 버렸으니까.

펑펑~ 피용 펑~!!!
학생회관에서 갑작스러운 폭발 소리와 함께 검은 연기가 치솟아 올랐다. 폭발음과 함께 주위 건물의 유리창이 바르르 떨렸으니 제법 큰 충격이었다. 복도에선 찌르는 듯한 사이렌이 울려댔고, 학생들은 비명을 지르며 출구로 빠져나갔다.

건물 밖에선 119로 신고하는 통화로 소란스러웠고 누군가는 화재로 검붉은 연기가 날름거리는 창을 스마트폰으로 촬영하기 바빴다. 교정 다른 곳에 있던 학생들도 무리를 지어 불이 난 학관 근처로 모여들었는데 그 틈에 이신과 태하도 포함되어 있었다.

둘을 발견한 현아가 부리나케 둘에게 달려오며 울먹였다.

"선배들 어떡해요? 저 안에 러운언니 있는데…"

"러운이가 왜 저 안에 있어?"

창백한 낯의 태하가 평소와 달리 뻑 소리를 질렀다. 본래라면 스러운은 지금 학교가 아닌 자취방에 있어야 했다.

"아까 몸 안 좋다고 동아리방에서 좀 쉰다고 했었는데… 어떡해요, 우리 언니?"

발만 동동 구르는 현아가 안쓰럽게 눈물을 줄줄 흘리고 있었다. 아직 119의 사이렌 소리는 들리지 않았다.

"아직 모르는 거 아냐? 러운이가 딴 데 있을 수도 있는 거고, 그러니까 우리랑 엇갈렸을 수도 있잖아!"

마치 그러길 간절히 바라는 마음 때문인지 태하의 목소리가 미세

하게 떨리고 있었다.

"나 정말 일부러 그런 거 아닌데… 내가 전부터 오빠 좋아했던 거 정말 몰랐어요? 근데 오빤 러운 언니만 바라보고 그게 좀 속상해서 친구한테 하소연한 게 이상하게 소문이 나가지고… 아직 언니한테 사과도 못 했는데, 언니 잘못되면 어떡해요?"

"너 그게 무슨 소리야? 러운이에 대한 소문이 있었어?"
현아가 대답하기도 전에 이신이 건물 안으로 뛰어 들어갔다. 누가 말릴 새도 없이 일어난 일이었다.

건물 안은 아수라장이었다. 복도엔 학생들이 떨어트린 물건들과 대피하며 밀려 나온 책상들이 어지러이 널려 있어 그사이를 헤쳐나가는 게 쉬운 일이 아니었다. 거기에 검은 연기로 채워지고 있는 복도엔 아직도 사이렌 소리가 귀를 찢을 듯했고, 천장에선 스프링클러가 물을 쏟아내고 있었다.

스러운은 학생회관 안 사진 동아리방에 있었다. 이상하게 자꾸 몸이 쳐져서 동아리방에서 좀 쉬려고 했다. 언제나처럼 소파에서 몸을 말고 설핏 잠이 든 기억이 떠올랐다.

오늘도 역시 악몽에 시달리다 잠이 깼는데, 주위는 조용하고 문 밑으론 연기가 스멀스멀 들어오고 있었다. 화재인가 싶었을 때 이게 꿈인지 현실인지 헷갈리기 시작했다. 꿈속에서도 화염 속에 있는 아이들을 구하기 위해 헤매고 있었으니까.

정신을 못 차리고 있는 사이 동아리방에 연기가 차며 눈과 코가 메워졌다.

"누나, 우리 언제 라면 먹을 수 있어?"

남동생이 연신 자신의 누나와 버너 위의 냄비를 흘끔거리며 입을 열었다.

"종운아, 배고프면 우리 이거 먼저 끓여 먹고 있을까?"

종운이라는 아이가 고개를 위아래로 크게 끄덕이며 해사하게 웃었다. 그런 동생이 귀여워 머리를 한 번 쓰다듬어준 후 수프를 넣고 라면을 넣기 위해 쪼개고 있을 때였다.

현관문이 떨어질 듯이 열리고 아이들의 아버지가 들어왔다. 한 손엔 언제나처럼 소주병이 들려 있었고 그의 몸은 비틀거렸다. 종일 어딜 쏘다니는지 저녁이 되어서야 들어오는 아버지는 매번 아이들을 괴롭혔다. 그런 아버지가 무서워 아이들은 추운 밤에 골목에 숨어 있곤 했는데, 오늘은 배고픔을 참지 못하고 집에 들어선 것이 문제였다.

"이 쥐새끼들! 어디 있다 이제야 기어들어 와?"

누나는 덜덜 떠는 동생을 안고 방구석으로 밀려갔다. 아버지가 눈에 보이는 대로 걷어차기 시작했다. 발에 걷어차인 버너가 쓰러지며 끓고 있던 뜨거운 물이 아버지의 다리로 튀었다. 쌍욕이 쏟아졌다.

발길질을 해도 분이 풀리지 않는 아버지가 다른 손에 있던 가위를 바닥에 내던지고 다시 밖으로 나갔다. 나갈 땐 현관문이 다시 세게 부딪치며 비명을 질렀다.

사실 아버지는 들어오기 전 가스 배관을 자르고 들어온 참이었다. 낮에 괜히 도박장을 어슬렁거리다 화투 한 번 못 잡아보고 쫓겨나 감정이 상할 대로 상한 그는 가스 배관을 자르고 콱 죽어버릴 심산이었다.

그냥 죽을 용기는 없었는데, 아직 끊기지 않은 그러나 곧 끊길 가스 생각이 난 것이다. 그런데 매번 코빼기도 비치지 않던 애들이 눈에 보이자 열을 내다가 그만 집에 올 때의 결심은 잊어버렸다.

편의점에 간 언니가 돌아오기 전에 오누이는 다시 버너를 일으켜 세웠다. 수돗물을 넣은 냄비를 다시 올린 후 이미 가스가 잔뜩 스며든 그곳에서 달칵 버너의 손잡이를 돌렸다.

스러운은 갑자기 자신의 숨소리가 지나치게 크게 들렸다. 갑자기 지금껏 숨을 어떻게 쉬었는지 알지 못해 당황스러웠다. 이것이 어떤 증상의 전조증상인지 너무나 잘 알고 있어서 이 느낌 하나만으로도 두려움이 밀려오기 시작했다. 이번엔 정말 죽을지도 모르겠단 생각이 두려움을 더 깊게 만들었다.

지금껏 그녀는 자신의 부주의로 아이들이 사고를 당했다고 생각해왔다. 죽음에 다가서자 그날의 진실이 눈 앞에 펼쳐진 것에 놀랄 새도 없었다. 이런 게 아마도 죽기 전 스쳐 지나간다는 주마등인 것 같았다.

하지만 진실을 알았다고 해서 성스러운의 마음이 개운해지는 것도 아니었다. 차라리 그때 아이들을 못 본 척했다면 나았을까? 평소처럼 밤새 골목길에서 아버지를 피하다 맞이한 추위에서 무사할 수 있었을지 장담할 수 없었다. 그날 밤은 무사했다 하더라도 그 뒤로 다시 사고를 당하지 말란 법도 없었다.

자박자박

그때 계단을 밟아오는 발소리가 들려왔다.

"러운아, 내가 너무 늦지 않아 다행이야."

그 어느 때보다 환하게 웃는 이신이 또다시 스러운의 앞에 섰다.

"내가 벌써 죽은 거야?"

그 어느 때보다 인자한 미소를 지은 이신이 고개를 절레절레 흔들었다.

"아니야, 러운아. 엄밀히 말하면 지금은 과거와 현재 사이인 동시에 현재와 미래의 사이야."

그 소리에 정신을 차린 스러운이 주위를 천천히 훑어보기 시작했다. 조금 전까지 동아리방의 문 밑으로 탐욕스럽게 혀를 날름거리던 불길은 그 모습 그대로 멈춰 있었다. 틈으로 비집고 들어오던 유독가스조차 움직임을 멈춰 보일 리 없는 검은 입자가 보이는 것 같았다.

기이한 눈앞의 풍경 앞에 현실감이 사라지자 그녀가 손을 뻗어 유독가스를 만져보았다. 손안에서 검은 재가 뭉개졌고 약간의 열기마저 느껴졌다.

"이제 그날의 널 용서해줄 순 없니? 그때 너도 고작 12살이었잖아."

이신이 그날의 이야기를 꺼낸 순간 성스러운은 12살의 그때, 곰팡내가 나던 반지하의 방으로 돌아가 있었다. 그곳의 습한 냄새는 가난의 냄새였고 옹색함의 냄새였다. 그리고 그 냄새 위로 불이 난 매캐한 가스가 뒤덮였다.

어느 정도 벗어났다고 생각했지만, 스러운은 여전히 그 불 속에 있었다. 계속 꾸고 있는 악몽이 그 증거였다.

"네가 원한다면 나는 그때 그 일을 너의 삶에서 지워줄 수도 있어."

오늘따라 이신은 알 수 없는 소리를 자꾸만 했다. 하지만 조금만 생각해보면 지금, 이 순간 자체가 말이 되지 않았다. 불길이 치솟는 이곳에서 보이는, 맘속에 꼭꼭 숨겨뒀던 과거의 모습, 멈춰버린 시간 그리고 말한 적도 없는데, 모든 걸 알고 있는 '이신'이라는 존재까지 말이 되는 건 처음부터 하나도 없었다.

그러니 지금 저 말조차 가능할 것 같았다. 어쩌면 유독가스를 마셔서 조금 제정신이 아닐지도

"너… 하느님 뭐 그런 거야? 근데 왜 이제야 나타났어? 왜 그런 일이 벌어지게 됐어? 내가 그동안 어떤 마음으로 참아왔는지 몰랐어?"

스라운은 악다구니를 쓰며 이신을 향해 소리 질렀다. 만약 신을 만난다면 꼭 묻고 싶은 질문이었다. 왜냐고 도대체 이유가 뭐냐고

그래놓고 이제 와선 자신의 옆에서 괴로워하는 제 꼴을 보고 있었단다. 정말 신이 있다면, 그가 신이 맞는다면 그는 지독히 가학적인 존재였다.

동시에 자조적인 생각도 들었다. 낮에 호기심으로 개미를 밟아 죽

였다고 해서 저녁에 그 일을 후회하는 사람은 없다. 뭐 그런 비슷한 게 아닐까 싶었다. 반성도 하지 않고, 책임도 지지 않는 신.

지금 그가 스러운의 나쁜 기억을 지워줄 수 있단다. 아예 그 일이 벌어지지 않은 시점으로 돌아갈 수 있을지도 모른다. 하지만 그 시간을 지우는 건 의미가 없었다. 고통스럽지 않아서가 아니다. 스러운은 이미 그 일을 겪었고 따지고 보면 그 경험들이 지금의 그녀를 만든 것이 아닌가? 일부를 임의로 삭제한다면 그 존재가 과연 성스러운이 맞을까?

한순간 그의 은총에 혹하면서도 그것의 무용함 때문에 몸에서 힘이 빠졌다. 눈앞에 이신이 스러운을 향해 손을 뻗고 있었다. 어느새 얼굴은 눈물범벅이었고 이신은 아픈 얼굴로 그런 스러운을 바라보고 있었다.

저 손을 잡아야 앞으로 나아갈 수 있나 보다. 물에 떠내려가는 개미를 변덕 비슷한 동정심으로 건져주는 손. 그게 큰 의미가 없다는 걸 알면서도 사람은 그 기적에, 그 잠깐의 따뜻한 마음에 기대어 살아갈 수밖에 없는 존재였다. 그건 희망이 맞을까?

성스러운은 기꺼이 손을 뻗고 발을 내디뎌 이신의 손을 잡았다.

작은 안도의 한숨이 빠져나갔다. 그리고 발을 삐끗하며 힘이 빠진 그녀는 이신의 몸 안으로 허물어졌다. 작은 몸이 그의 품 안에 꼭 맞아들어갈 때 그가 귓가에 속삭였다.

"미안해."

깜빡깜빡

며칠 만에 눈을 떴는지 모르겠다. 유독가스를 마시긴 했어도 학생 회관에서 있었던 화재는 그렇게 대단치 않았는데, 유독 오래 잠을 잤다고 했다. 스러운은 지쳐버린 정신과 몸을 일으키는데 생각보다 오랜 시간이 걸렸다.

그동안 태하와 현아 그리고 현석까지 차례로 병문안을 다녀갔다고 했다. 동아리 후배들도 무리로 와 시끄럽게 떠들다 사라졌는데, 이신은 한 번도 나타나지 않았다.

"뭐야, 정말? 제멋대로야!"

오랜만에 학교에 들어선 스러운은 새삼 감회가 새로웠다. 아주 오래 붙들려 있던 몸살을 인제야 이겨낸 기분이었다.

찌뿌둥한 몸을 쭉 늘린 후 터벅터벅 교정으로 발을 내디뎠다. 휴학을 마치고 돌아온 학교는 반가움과 생소함이 함께 어우러진 곳이었다. 휴학을 많이 해서 이제는 쉬지 않고 열심히 학교에 다녀 졸업

해야 했다.

　그렇게 힘이 잔뜩 실린 발걸음을 옮기고 있을 때 저만치에서 이쪽을 향해 걸어오는 사람에게 눈길이 닿았다. 익숙했다. 익숙한 발걸음, 저를 향해 불어오는 바람 속에 묻어나는 익숙한 그의 향기.

　스러운을 보자 얼굴을 살짝 붉히면서도 반가움에 몸이 들썩이는 게 보였다. 이신에게서 댕댕이 같은 귀여움을 느끼는 자신은 아직 진행형이었다.

　"성스러운, 이제야 만났네!"

　대뜸 그가 두 팔을 뻗어왔다. 놀란 그녀가 몸을 뒤로 뺄 새도 없이 그의 품 안에 갇혔다. 고개를 들어 그의 얼굴을 올려다보았다. 몇 달 만에 만난 그가 할만한 행동은 아니었다. 나무라기도 해야겠고 상황을 파악하기도 해야겠고, 마음이 여러 색으로 들끓었다.

　"오래 기다렸어. 정말 보고 싶었어!"

　마치 어제 헤어지기라도 한 것처럼 자연스러운 행동이었다. 스러운의 머리에 잔뜩 자신의 뺨을 비빈 그가 고개를 숙이자 그녀의 눈빛과 그의 눈빛이 마주쳤다.

　달랐다. 그의 눈빛이 전과 달라 있었다. 그 눈빛을 보자 그녀는 그가 예전의 그 '이신'이 아님을 바로 알아차렸다. 불길 속에 나타났던 이신은 정말 본래 자리로 돌아간 모양이었다. 그런데도 그의 눈빛엔 가득한 애정이 너무 선명했다.

그 눈빛엔 자신을 지켜주겠다는 다정한 마음만 남아있었고, 그 마음이 스러운에게는 달게 느껴졌다. 이신은 자신과 똑같은 생김의 남자에게 그 마음만 남겨두고 사라졌다. 그가 아니지만, 그가 틀림없었다. 아쉽지만 동시에 아쉽지 않은 마음이었다.

그 일은 과거에 일어났고 이젠 정말 제 살이 되고 피가 되어 버린 기억이었다. 이신와 함께 했던 시간과 기억도 마찬가지로 이미 성스러운의 일부가 되었다. 따라서 그 추억도 소중히 간직한 채 살아가야 했다. 거기엔 이신에 대한 제 감정도 포함되어 있었다. 그 감정은 앞으로 자유롭게 나아가 더 많은 추억을 만들 것이다. 그녀의 마음속에서 핀 값진 꽃이었다. / 2021.05.25.

작가의 NOTE

온앤오프의 노래 'complete'를 듣고 영감이 떠올랐어요. 우리가 약하고 부족한 존재에 더 애착을 느끼는 것처럼 나를 그런 시선으로 봐주는 존재도 있지 않을까요? 주인공 '스러운'은 '신(God)'을 만났죠. 누군가의 애정이 우리를 더 나은 사람이 될 수 있는 계기는 될 수는 있지만 결국 그 다정함을 이뤄내는 사람은 바로 자신이어야만 할 것 같아요.

(PS 저는 이 소설의 초고 수정이 제일 어려웠어요.ㅠㅠ)

너의 다정이 나를 살리고

copyright ⓒ 2022 조선옥

지 은 이 ┃ 조선옥

1판 1쇄 발행 2022년 11월 13일
1판 2쇄 발행 2023년 01월 20일

펴낸곳 오전 열시

주　　소 ┃ 경남 양산시 물금읍 새실로 54 (우 50655)
연 락 처 ┃ 055) 388-8080 / kaligari@naver.com
신고번호 ┃ 제 538-2022-000012호 (2022.08.19)

[공공안심글꼴]
경기천년바탕체(경기도) / 김포평화제목(김포시) / 상주경천섬체(상주시)
충북대70주년체(충북대) / 이순신돋음체(아산시) / 문화재돌봄체(문화재청)
[민감안심글꼴]
카페24심플해 / 강원도교육모두 / 한림명조체 / 을유1945